Tucholsky Wagner Zola Scott Sydow Freud Schlegel
Turgenev Wallace Fonatne

Twain Walther von der Vogelweide Fouqué Friedrich II. von Preußen
Weber Freiligrath Frey

Fechner Fichte Weiße Rose von Fallersleben Kant Ernst Richthofen Frommel
Hölderlin

Engels Fielding Eichendorff Tacitus Dumas
Fehrs Faber Flaubert

Maximilian I. von Habsburg Fock Eliasberg Zweig Ebner Eschenbach
Feuerbach Ewald Eliot Vergil

Goethe Elisabeth von Österreich London
Mendelssohn Balzac Shakespeare

Trackl Lichtenberg Rathenau Dostojewski Ganghofer
Stevenson Doyle Gjellerup
Mommsen Tolstoi Hambruch
Thoma Lenz Hanrieder Droste-Hülshoff

Dach Verne von Arnim Hägele Hauff Humboldt
Reuter Rousseau Hagen Hauptmann Gautier
Karrillon Garschin

Damaschke Defoe Hebbel Baudelaire
Descartes

Wolfram von Eschenbach Schopenhauer Hegel Kussmaul Herder
Darwin Dickens Rilke George
Bronner Melville Grimm Jerome Bebel
Campe Horváth Aristoteles Proust

Bismarck Vigny Barlach Voltaire Federer Herodot
Gengenbach Heine

Storm Casanova Tersteegen Gilm Grillparzer Georgy
Chamberlain Lessing Langbein Gryphius
Brentano Lafontaine
Strachwitz Claudius Schiller Kralik Iffland Sokrates
Katharina II. von Rußland Bellamy Schilling

Gerstäcker Raabe Gibbon Tschechow

Löns Hesse Hoffmann Gogol Wilde Gleim Vulpius
Luther Heym Hofmannsthal Klee Hölty Morgenstern
Roth Heyse Klopstock Kleist Goedicke
Luxemburg Puschkin Homer Mörike
La Roche Horaz Musil
Machiavelli Kierkegaard Kraft Kraus
Navarra Aurel Musset Lamprecht Kind Kirchhoff Hugo Moltke
Nestroy Marie de France

Nietzsche Nansen Laotse Ipsen Liebknecht
Marx Lassalle Gorki Klett Ringelnatz
von Ossietzky May Leibniz
vom Stein Lawrence Irving
Petalozzi Knigge
Platon Pückler Michelangelo Kock Kafka
Sachs Poe Liebermann Korolenko
de Sade Praetorius Mistral Zetkin

Der Verlag tredition aus Hamburg veröffentlicht in der Reihe **TREDITION CLASSICS** Werke aus mehr als zwei Jahrtausenden. Diese waren zu einem Großteil vergriffen oder nur noch antiquarisch erhältlich.

Symbolfigur für **TREDITION CLASSICS** ist Johannes Gutenberg (1400 — 1468), der Erfinder des Buchdrucks mit Metalllettern und der Druckerpresse.

Mit der Buchreihe **TREDITION CLASSICS** verfolgt tredition das Ziel, tausende Klassiker der Weltliteratur verschiedener Sprachen wieder als gedruckte Bücher aufzulegen – und das weltweit!

Die Buchreihe dient zur Bewahrung der Literatur und Förderung der Kultur. Sie trägt so dazu bei, dass viele tausend Werke nicht in Vergessenheit geraten.

Das Glück von Rothenburg

Paul Heyse

Impressum

Autor: Paul Heyse
Umschlagkonzept: toepferschumann, Berlin

Verlag: tredition GmbH, Hamburg
ISBN: 978-3-8472-3853-9
Printed in Germany

Paul Heyse

Das Glück von Rothenburg

Buchschmuck von Curt Liebich.

Achte Auflage.

Augsburg 1918.
Verlagsbuchhandlung von Gebrüder Reichel.

Es war am Osterdienstag. Die Menschen, die das Auferstehungs-
fest durch einen Ausflug ins Freie, in den lustig aufblühenden Früh-
ling hinaus gefeiert hatten, strömten in ihre Häuser und zu den
Werktagsmühen, die morgen wieder beginnen sollten, zurück. Alle
Landstraßen wimmelten von Fuhrwerken und Fußwanderern, die
Eisenbahnen waren trotz eingelegter Extrazüge überfüllt, denn
eines so lieblichen und beständigen Osterwetters konnte man sich
seit vielen Jahren nicht erinnern.

Auch der abendliche Schnellzug, der auf dem Ansbacher Bahnhof
in der Richtung nach Würzburg zum Abgang bereit stand, war
doppelt so lang als in gewöhnlichen Zeiten. Dennoch schien er bis
auf den letzten Platz gefüllt zu sein, da ein Nachzügler zweiter
Klasse, der in der letzten Minute noch unterzukommen suchte,
vergebens an allen Türen anklopfte, in alle Coupés hineinsah und
überall nur einem mehr oder minder unwilligen oder schadenfro-
hen Achselzucken begegnete. Endlich faßte der Schaffner, der ihm
zur Seite ging, einen raschen Entschluß, öffnete ein Coupé erster
Klasse und schob den Spätling in den dämmernden Raum hinein,

die Türe hastig zuschlagend, da eben der Zug sich in Bewegung setzte.

Eine einzelne Dame, die in der entgegengesetzten Ecke wie eine schwarze Eidechse in sich zusammengeschmiegt geschlummert hatte, fuhr plötzlich in die Höhe und warf einen strafenden Blick auf den unwillkommenen Störer ihrer Einsamkeit. Doch schien sie an dem blonden jungen Mann in schlichten Sonntagskleidern, der eine Mappe unterm Arm und ein abgetragenes Reisesäckchen mit einer altmodischen Stickerei in der Hand hielt, nichts Merkwürdiges zu finden. Wenigstens erwiderte sie seinen höflichen Gruß und die Entschuldigung, die er stammelte, nur mit einem stolzen, kaum merklichen Neigen des Kopfes, zog die schwarzseidene Kapuze ihres Mäntelchens wieder über die Stirn und schickte sich an, den unterbrochenen Schlaf so unbekümmert fortzusetzen, als ob statt des neuen Reisegefährten nur ein Gepäckstück mehr in den Wagen geschoben worden wäre.

Auch hütete sich der junge Mann, der sich hier nur als ein geduldeter Eindringling fühlte, durch überflüssigen Lärm an seine Gegenwart zu erinnern, ja, er hielt die ersten fünf Minuten, obwohl er stark gelaufen war, nach Möglichkeit den Atem an und verharrte standhaft in der unbequemen Stellung, in der er zuerst von seinem Eckplatz Besitz ergriffen hatte. Nur den Hut nahm er leise ab und wischte mit einem Tüchlein den Schweiß von der Stirn, diskret zu seinem Fenster hinausblickend, als könne er für sein Auftauchen in eine höhere Sphäre nur durch die bescheidenste Haltung Verzeihung erlangen. Da aber die Schläferin sich nicht rührte und die draußen vorbeisausende Landschaft wenig Reiz für ihn hatte, wagte er es endlich, seine Augen in das Innere des Coupés zu lenken, und nachdem er die breiten Kissen von rotem Plüsch und den Spiegel an der Wand hinlänglich bewundert hatte, nun auch die Gestalt der Fremden sich näher anzusehen, indem er sich mit vorsichtigen Blicken langsam von der Spitze des kleinen Schuhes, der unter dem Kleidsaume hervorsah, bis zu ihrer Schulter und zuletzt zu dem schmalen Streifen ihres Gesichts, den sie ihm zugekehrt, hinauftastete.

Eine sehr vornehme Dame mußte es sein, das war ihm sogleich außer allem Zweifel, und weit her, eine Russin, Polin oder Spanierin. Was sie nur an und um sich hatte, trug den Stempel einer aristokratischen Herkunft: ihre Toilette, das feine rotlederne Reisetäschchen, gegen das sie so rücksichtslos den schmalen Fuß stemmte, der zierliche hellbraune Handschuh, in den sie die Wange geschmiegt hatte. Dazu umgab sie ein eigentümlicher Duft, nicht nach irgendeiner aromatischen Essenz, sondern nach Juchten und Zigaretten, und auf dem Teppich des Coupés lagen auch richtig einige halbausgerauchte weiße Stümpfchen herum, die ihre Asche und etwas russischen Tabak verstreut hatten. Ein Buch war ebenfalls auf den Fußboden geglitten. Er konnte es nicht übers Herz bringen, es dort liegen zu lassen, und sah, indem er es behutsam aufhob und auf den Sitz legte, daß es ein französischer Roman war. Dies alles erfüllte ihn mit jenem heimlichen angenehmen Grauen, das junge Männer zu beschleichen pflegt, die, in bürgerlichen Kreisen aufgewachsen, unerwartet einmal in die Nähe einer Frau aus der großen Welt geraten. Zu der natürlichen Ueberlegenheit des Weibes über den Mann gesellt sich da der märchenhafte Reiz, den unbekannte, ungebundenere Sitten und die Ahnung leidenschaftlicher Freuden und Leiden in der höheren Welt auf den Sprößling der niederen ausüben. Ja, die Kluft, die zwischen den Ständen sich auftut, steigert nur diesen Zauber, da im Manne sich dann wohl eine traumhaft verwegene Neigung regt, gelegentlich einmal, auf sein Herrenrecht pochend, über diesen unausfüllbar scheinenden Abgrund sich hinwegzuschwingen.

Zu so abenteuerlicher Kühnheit freilich verstieg sich der junge Reisende nicht. Als er aber hinlänglich sicher zu sein glaubte, daß der Schlaf seiner fremden Nachbarin kein erkünstelter sei, zog er aus seiner Brusttasche sacht ein kleines, in graue Leinwand gebundenes Büchlein hervor und machte sich verstohlen daran, das feine, blasse, etwas hochmütige Profil der Schläferin mit raschen Strichen auf ein leeres Blatt zu zeichnen.

Es war kein ganz leichtes Unternehmen, obwohl ihn die sausende Bewegung des Schnellzugs über manche Anstöße leicht hinweghob. Er mußte sich auf seinem Sitz halb schwebend erhalten und jeden Strich mit entscheidender Sicherheit machen. Der Kopf aber lohnte wohl der Mühe, und wie das Halbgesicht, in die Hand gedrückt, von den Falten der Kapuze leicht umrahmt, in der dämmernden Beleuchtung des Abends sich ihm zeigte, glaubte er niemals klassischere Linien an einem lebenden Wesen erblickt zu haben. Sie schien über die erste Jugend hinaus zu sein, der Mund mit den feinen Lippen zuckte zuweilen mit einem seltsamen Ausdruck von Bitterkeit oder Ueberdruß, selbst jetzt im Traum. Wunderschön aber war die Stirn und die Bildung der Augen, und das weiche, wellige Haar noch in reichster Fülle.

So hatte er etwa zehn Minuten höchst eifrig gestrichelt und das Skizzchen fast fertig gebracht, als die Schläferin plötzlich mit ruhiger Gebärde sich aufrichtete und im besten Deutsch die Frage an ihn richtete:

Wissen sie auch, mein Herr, daß es nicht erlaubt ist, Reisende im Schlaf zu bestehlen?

Der arme Ertappte ließ in großer Bestürzung das Büchlein auf die Knie sinken und sagte über und über errötend: Verzeihung, gnädige Frau! Ich dachte nicht – ich glaubte – es ist nur ein ganz flüchtiger Umriß – nur zur Erinnerung –

Wer gibt Ihnen ein Recht, sich an mich zu erinnern und Ihrem Gedächtnis dabei so handgreiflich nachzuhelfen? erwiderte die Dame, ihn mit scharfen blauen Augen etwas kühl und spöttisch musternd. Sie hatte sich indessen ganz aufgesetzt, die Kapuze war ihr in den Nacken gefallen, er sah, wie fein die Kontur ihres Kopfes war, und fuhr trotz seiner Verlegenheit fort, sie mit Maleraugen zu studieren.

Ich muß freilich gestehen, daß ich mich wie ein rechter Straßenräuber aufgeführt habe, versetzte er, indem er sich bemühte, die Sache ins Scherzhafte zu wenden. Vielleicht aber lassen Sie Gnade vor Recht ergehen, wenn ich meinen Raub zurückerstatte, nicht, damit Sie ihn aufheben, nur um zu sehen, wie wenig das noch ist, was ich mir angeeignet habe.

Er reichte ihr das aufgeschlagene Skizzenbuch hin, und sie warf einen raschen Blick auf ihr Konterfei, dann nickte sie beifällig, aber mit einer raschen Handbewegung, die das Angebotene zurückwies.

Es ist ähnlich, sagte sie, nur idealisiert. Sie sind Porträtmaler, mein Herr?

Nein, gnädige Frau. Ich hätte die Skizze sonst wohl charakteristischer gemacht. Ich male hauptsächlich Architekturbilder. Aber gerade, weil mein Auge für schöne Proportionen und reine Linien geschärft ist – und einem das an Menschengesichtern nicht alle Tage geboten wird –

Er verwickelte sich im Nachsatz, starrte auf seine Stiefelspitzen, versuchte wieder zu lächeln und wurde noch röter.

Ohne darauf zu achten, sagte die Fremde:

In der Mappe dort haben Sie ohne Zweifel von Ihren Zeichnungen und Malereien. Darf ich sie sehen?

Mit Vergnügen. – Er reichte ihr die Mappe hin und breitete den Inhalt Blatt für Blatt vor ihr aus. Es waren lauter Aquarelle, die altertümliche Gebäude, gotische Türmchen und spitzgieblige Straßenprojekte darstellten, in einer gewandten, durchaus künstlerischen Manier und Auffassung. Die Fremde ließ eins nach dem andern an sich vorübergehen, ohne eine weitere Frage an den jungen Maler zu richten. Manches Blatt aber betrachtete sie länger und gab es wie zögernd zurück.

Die Sachen sind noch nicht ganz ausgeführt, entschuldigte er diese und jene flüchtige Studie; doch gehören sie alle in denselben Zyklus. Ich habe die Ostertage benutzt, um in Nürnberg mit einem Kunsthändler darüber Rücksprache zu nehmen. Ich möchte all diese Blätter in einem chromolithographischen Werk herausgeben. Zwar habe ich schon manche Vorgänger, doch ist Rothenburg noch immer nicht so bekannt, wie es verdient.

Rothenburg?

Freilich. Dies sind ja alles Rothenburger Ansichten. Ich dachte, Sie wüßten es, gnädige Frau, da Sie nicht fragten.

Rothenburg? Wo liegt das?

Ei, an der Tauber, nicht mehr viele Stunden von hier. Aber kennen Sie es wirklich nicht? Haben auch nie den Namen nennen hören?

Sie müssen meine geographische Ignoranz mir schon zugute halten, versetzte sie mit feinem Lächeln, da ich keine Deutsche bin. Aber ich habe viel mit Deutschen verkehrt und gestehe Ihnen, bisher noch nie den Namen Rothenburg an der – wie war es doch? – an der Taube? – gehört zu haben.

Er lachte und hatte auf einmal alle Befangenheit verloren, als ob er nun doch eingesehen hätte, wie sehr er in wichtigen Dingen dieser vornehmen Dame überlegen sei.

Verzeihen Sie, sagte er, daß ich es mit Ihnen gemacht habe, wie alle Rothenburger mit jedem Fremden, obwohl meine Wiege nicht am Ufer des Tauberflüßchens gestanden hat. Wir sind alle so in unsere Stadt vernarrt, daß wir uns nicht gut denken können, wie es in einem Menschen aussieht, der gar nichts von Rothenburg weiß. Als ich vor neun Jahren zum erstenmal hinkam, wußte ich selbst nicht viel mehr von der alten freien Reichsstadt, als daß sie auf einem hoch aus dem Flußtal aufsteigenden Plateau, ähnlich wie Jerusalem, gelegen, mit Mauern und Türmen noch ganz wie vor einem halben Jahrtausend umgürtet sei und die Ehre habe, die Urahnen meines Geschlechts zu ihren Mitbürgern gezählt zu haben. Ich erlaube mir nämlich, mich Ihnen vorzustellen: Meine Name ist Hans Doppler.

Er verneigte sich lächelnd vor ihr und sah sie dabei prüfend an, als erwarte er, dieser Name werde sie in eine freudige Aufregung versetzen, etwa wie wenn er ihr mitgeteilt hätte, daß er sich Hans Kolumbus oder Gutenberg nenne. Sie veränderte aber keine Miene.

Doppler, fuhr er etwas unsicherer fort, ist nämlich die neuere Schreibung des Namens Toppler, die im vorigen Jahrhundert in der Seitenlinie, der ich angehöre, Eingang fand. Doch ist es urkundlich gewiß, daß der Ahnherr unserer Familie kein geringerer war, als der große Rothenburger Bürgermeister Heinrich Toppler, von dem sie ohne Zweifel gehört haben werden.

Sie schüttelte, offenbar durch seine naive Zuversicht belustigt, den Kopf.

Ich bedaure, daß meine historischen Kenntnisse ebenso lückenhaft sind, wie meine geographischen. Was aber hat Ihr Ahnherr Denkwürdiges getan, daß es eine Schande ist, ihn nicht zu kennen?

Mein Gott, sagte er, jetzt über seine eigene Zumutung lachend, fürchten Sie nicht, gnädige Frau, daß ich Sie mit einem Stück der Rothenburger Chronik langweilen möchte aus purem Familienstolz. Der hat auch guten Grund, sich zu ducken, denn ich selbst, wie Sie mich da sehen, habe in dem Stammsitz meines Geschlechts nicht mehr zu regieren, hoffe dafür aber auch nicht, wie mein Ahnherr, nachdem ich den Kriegsruhm der guten Stadt gemehrt, von meinen Mitbürgern eingekerkert und dem Hunger- oder Gifttode überliefert zu werden. Ein schauerliches Ende, nicht wahr, gnädige Frau? Und ein schöner Dank für so viele stolze Taten. Und das alles auf eine bloße Verleumdung hin. Er soll die Stadt im Würfelspiel gegen einen fürstlichen Herrn verloren haben, woran kein wahres Wort ist. Doppeln heißt freilich in der älteren Sprache würfeln, und in unserm Familienwappen –

Er brach plötzlich ab, denn es schien ihm, als ob die feinen Nasenflügel der Dame zitterten, wie wenn sie ein leichtes Gähnen verbergen wollte. Etwas gekränkt wandte er sich zu seinen Aquarellen und ordnete sie wieder in die Mappe, die er noch in der Hand hielt.

Und wie sind sie dazu gekommen, fragte sie jetzt wieder, nun doch die Erbschaft des so ungerecht Hingemordeten anzutreten? Hat man an Ihnen gutmachen wollen, was man an Ihrem Urahnherrn gesündigt hat?

Sie irren, gnädige Frau, sagte er, wenn sie glauben, die Rothenburger hätten eine Ehre darein gesetzt, nun wieder einen Doppler in ihrer Mitte zu haben, und sich diese Ehre auch etwas kosten lassen. Als ich, wie gesagt, vor neun Jahren, aus bloßer Neugier die alte Feste kennen zu lernen, durch das Rödertor einwanderte, kannte mich dort kein Mensch, und selbst wenn ich meinen Namen nannte, machte man nicht viel Wesens daraus. Ja, es wurde stark bezweifelt, da ich ein geborener Nürnberger bin und nicht mehr das harte T im Namen trage, ob ich überhaupt zu ihnen gehöre. Aber die Weltgeschichte, wie der Dichter sagt, ist nun einmal das Weltgericht, was der Magistrat von Rothenburg unterließ: mich feierlich einholen zu lassen, mir die Häuser, die der große Bürgermeister besessen, wieder zum eigenen Besitz zu übergeben und mich auf Lebenszeit als einen lebendigen Stadtheiligen zu verpflegen, das tat auf andere Weise das Schicksal, oder der liebe Gott, was sie lieber wollen. Ich kam nach Rothenburg, bloß um ein paar Studien zu machen und mir ein altes, hinter der Zeit zurückgebliebenes Nest anzusehen – und fand dort mein Lebensglück und ein eigenes, warmes, neues Nest, in welches ich eben wieder zurückfliege.

Darf man wissen, wie es damit zugegangen?

Warum nicht, wenn es Sie irgend interessiert? Meine Eltern hatten mich nach München geschickt, auf die Akademie, sie waren nicht reich, aber die Mittel fehlten doch nicht, mich anständig zu unterhalten und alle Klassen durchmachen zu lassen. Ich wollte Landschafter werden, und nachdem ich mit der Schule fertig war, mich ein paar Jahre in Italien umsehen. Darüber war ich einundzwanzig Jahre geworden, und ehe ich die große Kunstreise antrat, trieb es mich, in Nürnberg mein gutes Mutterl zu besuchen – der Vater war schon eine Weile tot. Hans, sagte sie, du solltest, ehe du nach Rom pilgerst, noch eine andere Wallfahrt machen, an den Ort, wo die Wurzel unseres Stammbaumes stand, ehe er ausgerissen und aus Ostfranken hierher verpflanzt wurde. – sie war eine echte, alte Patriziersfrau, meine gute Mutter, und hielt viel auf großartige genealogische Ausdrücke. – Nun, ich hatte nichts zu versäumen; ich nahm den Wanderstecken in die Hand und schlug mich langsam nach Westen durch, habe auch fleißig unterwegs gezeichnet, da mir diese unsere deutsche Landschaft einstweilen doch mehr ans Herz gewachsen war, als die noch unbekannte im Süden.

Nun werden Sie, da Sie die Mappe durchgesehen, vielleicht begreifen, daß mir das deutsche Jerusalem mächtig imponierte und daß ich nicht Augen und Hände genug hatte, mir das Merkwürdigste zu notieren. Aber es gab etwas Rothenburgisches, was mir noch weit mehr einleuchtete, als das liebe Altertum. Nämlich – ich will Ihnen keine ausführliche Liebesgeschichte zum besten geben – auf einem der allwöchentlichen Bälle, welche die sogenannte »Harmonie« veranstaltete, lernte ich die junge Tochter eines stattlichen Bürgers und ehemaligen Ratsherrn kennen. Sie war ganze drei Jahre jünger als ich und – ich darf es wohl sagen – das hübscheste Kind in der ganzen Stadt. Nach dem zweiten Walzer wußt' ich, woran ich war, das heißt mit meinem eigenen Herzen, leider noch nicht mit ihrem, oder gar mit dem Wunsch und Willen des Herrn Papa. Und so hätte es eine recht klägliche Geschichte werden können und der Urenkel des großen Toppler, gleich diesem, in der alten freien Reichsstadt angekettet verschmachten müssen, wenn nicht eben das besagte Schicksal sich ins Mittel gelegt und mich mit meinen Familienwürfeln den Glückswurf hätte tun lassen. Nach drei Tagen war ich darüber im reinen, daß das Mädchen mich gern hatte, und nach drei Wochen, daß auch der Vater über meine blutige Jugend und sonstige Anfängerschaft ein Auge zudrücken wollte, da er, Gott weiß warum, an mir – wie man wohl sagt – einen Narren gefressen hatte. Am meisten gewann mir sein Rothenburger Herz, daß ich Doppler hieß und die schönsten verfallenen Winkel der alten Festungsmauern, nicht minder auch die wunderlichen Türmchen und kuriosen Brunnen, so zierlich in Farben abzubilden verstand. so gab er mir nach einem kurzen Probejahr die Hand seines einzigen Kindes, unter der einen Bedingung freilich, daß ich sie ihm nicht aus dem Hause nähme, solange er lebte, und meine Kunst hauptsächlich auf die Verherrlichung seiner teuren Stadt verwendete. Sie begreifen, gnädige Frau, daß ich mich nicht lange dagegen sperrte. Mein Schwiegervater war nicht nur ein wohlstehender Mann, hatte Haus und Garten, Weinberge und einiges Ackerland, sondern war auch die beste Seele von der Welt und verstand nur keinen Spaß, wenn man anders altertümliche Orte ungebührlich pries und etwa Nürnberg oder Augsburg über die »Perle des Taubertals« stellte. So hat er noch über vier Jahre mit uns gelebt und immer, wenn ich ein Rothenburger Architekturbild auf einer fremden Ausstellung verkaufte, eine besondere Flasche Tauberwein aus dem Keller geholt und meine Gesundheit getrunken. Wie er dann starb, war ich selbst schon viel zu sehr eingewohnt in unserem uralten, winkligen Hause, um ans Fortgehen zu denken. Auch fehlte es nicht an Bestellungen und angefangenen Arbeiten, wenn aber der alte Herr es noch erlebt hätte, daß mein Farbendruckwerk erschienen wäre – ich glaube, er hätte vor Freuden den Verstand verloren.

Er schwieg nach dieser langen Erzählung seines kurzen Lebenslaufs und sah eine Weile, in eine stille Rührung versunken, durchs Fenster in die immer stärker sich umnachtende Gegend hinaus. Endlich fiel es ihm doch auf, daß die Fremde nicht eine Silbe zu erwidern hatte, zumal er ihre Augen aus der halbdunklen Ecke heraus fest auf sein Gesicht gerichtet fühlte.

Ich fürchte nun doch, sagte er, Sie mit dieser kleinstädtischen Geschichte gelangweilt zu haben. Aber Sie haben sie selbst aus mir herausgelockt, und wenn Sie wüßten –

Sie irren sehr, fiel sie ihm ins Wort. Wenn ich stumm blieb, geschah es nur, weil ich über ein Rätsel nachgrübelte.

Ein Rätsel? Das ich Ihnen aufgegeben hätte?

Ja, Sie, Herr Hans Doppler. Ich frage mich, wie ich den Künstler, den ich aus dieser Mappe kennen gelernt habe, mit dem seßhaften jungen Hausvater – sie haben wohl auch Kinder?

Vier, gnädige Frau; zwei Buben und zwei kleine Mädchen.

Nun also – mit dem jungen Ehemann und Hausvater zusammenreimen soll, der in sein einförmiges Rothenburger Glück sich eingenistet hat wie in ein Schneckenhaus und es höchstens einmal bis Nürnberg spazieren führt. Denn Ihre Sachen sind ganz ungewöhnlich talentvoll, das können Sie mir aufs Wort glauben. Ich habe die Arbeiten von Hildebrand und Werner und dem ganzen römischen Aquarellistenklub gesehen und versichere Sie, die Ihrigen würden Aufsehen darunter machen. So viel Freiheit, geistreiche Leichtigkeit, dabei so viel Anmut in allem Landschaftlichen und der Staffage.

Und nun denken zu müssen, daß dies seltene Talent dreißig oder vierzig Jahre lang keine anderen Aufgaben zu lösen haben soll, als in endlosen Variationen die Türmchen, Erker, Torbogen und schiefen Dächer eines mittelalterlichen Nestes, das förmlich wie ein ausgegrabenes deutsches Pompeji in unsere Welt hereinsieht – aber verzeihen Sie, daß ich mir eine Kritik Ihres Lebensplanes erlaube, zu der ich gar nicht befugt bin. Da Sie jedoch wissen wollten, worüber ich nachsann – dies Problem war es. Kann eine echte, freie Künstlerseele so ganz durch ein hausbackenes Familienglück ausgefüllt werden? Es muß ja wohl möglich sein. Nur mir, die ich an absolute Freiheit meines Daseins, an eine grenzenlose Freizügigkeit gewöhnt bin, ist es unfaßbar, wie Sie, kaum dreißig Jahre alt –

Sie haben recht, unterbrach er sie, und sein offenes, blühendes Gesicht verschattete sich plötzlich. Sie sprechen da etwas aus, was ich mir anfangs oft genug selbst gesagt, aber immer wieder in einen geheimen Winkel meines Herzens zurückgedrängt habe. Finden Sie denn wirklich, daß meine Sachen auf Größeres und Höheres deuten? Mein Gott, zu einem wahrhaft großen Künstler fehlt es mir wohl am besten. Indessen – Sie kennen das Schillersche Gedicht »Pegasus im Joche«. Ein gewöhnliches Pferd, wenn es auch Rasse hätte, das sich in den Pflug spannen läßt und darin aushält, zeigt dadurch eben, daß es keine Flügel hat. Aber es taugte doch vielleicht zu etwas Besserem, als zum Ackergaul. Freilich, wenn Sie wüßten – wenn sie zum Beispiel meine Christel und die junge Brut kennten –

Ich zweifle keinen Augenblick, daß Sie eine liebe gute Frau und allerliebste Kinder haben, Herr Doppler, und nichts liegt mir ferner, als Ihnen Ihr häusliches Glück verdächtigen zu wollen. Nur daß Sie es in so jungen Jahren als ein definitives ansehen, das nie unterbrochen, nie für eine Zeitlang gegen einen höheren Zweck zurückgestellt werden dürfe – und Sie waren schon unterwegs nach dem gelobten Lande der Kunst und haben gewiß schon auf der Akademie genug davon gehört und gesehen, um eine Ahnung zu haben, welche Freuden Ihrer dort warten – und dennoch –

O, gnädige Frau! rief er und stand auf, als ob ihm plötzlich in dem engen Coupé schwül und kerkerhaft zumute würde – Sie sagen mir da nur meine eigenen Gedanken! Wie manchmal in der

Nacht, wenn ich aufwache – besonders in hellen Frühlingsnächten – und höre das stille Atmen meines lieben Weibes neben mir – und in der Stube nebenan schlafen die Kinder, und der Mondschein wandelt so sacht und geisterhaft an den niedrigen Wänden hin, und die Uhr, die der alte Herr regelmäßig aufzog und die noch aus dem Dreißigjährigen Kriege stammt, tickt so schläfrig hin und her – da leidet's mich nicht im Bette, da muß ich hinausspringen und durch das kleine Fenster mit den runden Scheiben ins Tal hinuntersehen.

Und wenn dann die Tauber so eilig in ihrem gewundenen Bette hinfließt, als könne sie's nicht erwarten, aus der Enge herauszukommen und sich in den Main zu stürzen und mit ihm in den Rhein und endlich ins Meer – wie mir da oft zumute wird, wie ich die Zähne zusammenbeiße und zuletzt matt und traurig in mein Bett zurückschleiche –, keiner Menschenseele hab' ich je davon gesagt! Es schien mir der schwärzeste Undank gegen das gütige Schicksal, das mich so weich gebettet hat. Aber am folgenden Tage konnt' ich dann gewöhnlich keinen Pinsel anrühren, und wenn ich in einer Zeitung das Wort Rom oder Neapel las, schoß mir das Blut zu Kopf wie einem Deserteur, der unterwegs eingeholt und mit Handschellen in seine Kasematte zurückgeschleppt wird.

Er fuhr mit der Hand durch das lockige Haar und ließ sich wieder auf den Sitz fallen. Sie hatte ihn während seiner melancholischen Standrede unverwandt scharf angesehen; jetzt erst kam ihr sein Gesicht interessant vor. Der harmlos jugendliche Ausdruck war daraus verschwunden, es wetterleuchtete in den hellen, schöngeschnittenen Augen, und seine schlanke Gestalt gewann trotz des philisterhaften schwarzen Röckchens etwas Rüstiges, fast Heldenhaftes, wie es einem Urenkel des »großen Bürgermeisters« wohl geziemte.

Ich begreife Ihre Stimmung, sagte die Fremde, indem sie aus einem silbernen Büchschen eine Zigarette nahm und sie an einem Wachskerzchen gelassen anzündete, aber um so weniger verstehe ich Ihre Handlungsweise. Ich bin freilich von Jugend auf gewöhnt, nur zu tun, was meinem Naturell, meinen innersten Bedürfnissen entspricht. Fesseln erkenne ich nicht an. Entweder sie sind schwach, so zersprenge ich sie; oder sie sind mir zu stark, so erwürgen sie mich. Lebend in ihnen steckenzubleiben, ist für mich ein unmöglicher Gedanke. Rauchen Sie? Genieren Sie sich nicht. Sie sehen, ich gehe mit dem Beispiel voran.

Er schüttelte dankend den Kopf und war ganz Auge und Ohr.

Wie gesagt, fuhr die Dame fort und blies den Rauch mit ihren schönen, geistreichen Lippen langsam vor sich hin, ich habe kein Recht, Ihren Lebensplan zu kritisieren. Aber mich zu wundern, müssen sie mir erlauben, wie ein Mann lieber klagen mag, als sich selbst aus der Not helfen, zumal wo es so leicht wäre. Fürchten Sie etwa, daß, wenn sie eine Kunstreise machten, Ihre Frau Ihnen inzwischen untreu werden könnte?

Christel? Mir untreu? – er mußte mitten in seiner Trübsinnigkeit hellauf lachen.

Pardon! sagte sie ruhig, ich vergaß, daß sie eine Deutsche ist und vollends eine Rothenburgerin. Aber um so weniger begreif' ich, warum sie sich selbst dazu verdammen wollen, Ihr Leben lang nur die Jakobskirche und das Klimpertor, oder wie es heißt –

Klingentor, gnädige Frau!

Nun ja, all dieses borniere Gemäuer und spießbürgerliche gotische Gerümpel nachzubilden, als ob es kein Kolosseum, keine Thermen des Caracalla, kein Theater von Taormina gäbe! Und welche Vegetation, welch vornehmes Unkraut zwischen den heiligen alten Tempeltrümmern, welche Pinien, Zypressen und Meer- und Berglinien am Horizont! Glauben Sie mir: ich selbst, wie Sie mich da sehen, obgleich ich noch keine alte Frau bin, ich wäre längst tot und begraben, wenn ich nicht eines Tages entflohen wäre aus engen, empörend geistlosen Umgebungen und mich in das Land der Schönheit und Freiheit gerettet hätte.

Madame sind nicht verheiratet?

Sie warf das glimmende Stümpfchen zum Fenster hinaus, biß einen Augenblick ihre sehr weißen und regelmäßigen kleinen Zähne aufeinander und sagte dann mit einem unbeschreiblichen gleichgültigen Ton: Mein Mann, der General, ist Gouverneur einer mittelgroßen Festung im Innern von Rußland und konnte mich natürlich nicht begleiten. Auch würde er in seinem Alter seine häuslichen Gewohnheiten schwer vermißt haben. So haben wir ausgemacht, daß wir uns alle zwei Jahre irgendwo an der Grenze ein Rendezvous geben, und jedes lebt seitdem viel zufriedener.

Ich weiß wohl, fuhr sie fort, da er sie etwas befremdet ansah, daß diese Auffassung vom Glück der Ehe den sentimentalen deutschen Vorurteilen ins Gesicht schlägt. Aber, glauben Sie mir, in manchen Stücken sind wir Barbaren Ihrer hochgesteigerten Zivilisation voraus, und was wir an politischer Freiheit entbehren, bringen wir durch unsere soziale reichlich wieder ein. Wenn sie ein Russe wären, hätten Sie sich längst emanzipiert und das Beispiel Ihrer Tauber nachgeahmt, nur in der entgegengesetzten Himmelsrichtung. Und was wäre auch dabei verloren? Wenn sie nach Jahr und Tag wiederkommen als ein ausgewachsener Künstler, finden sie etwa Ihr Haus nicht mehr auf dem alten Fleck, Ihre Frau noch immer so häuslich und tugendhaft, Ihre Kinder zwar um einen halben Kopf gewachsen, aber so artig und wohlgewaschen, wie Sie sie verlassen haben?

Sie haben recht! Sie haben nur zu sehr recht! stammelte er und zauste sich beständig das Haar. O, wenn ich das früher so klar überlegt hätte!

Früher? Ein junger Mann wie Sie, der nicht einmal über die Dreißig hinaus ist? Aber ich merke schon, Sie sind allzusehr an die Rothenburger Fleischtöpfe gewöhnt. Sie haben recht, bleiben Sie im Lande und nähren Sie sich redlich. Der Vorschlag, der mir schon auf der Zunge schwebte, wäre Ihnen nicht viel klüger erschienen, als wenn ich Sie aufgefordert hätte, in eine Wildnis zu reisen und, statt auf landschaftliche Motive, auf Tiger und Krokodile Jagd zu machen.

Sie schleuderte ihm diesen scharf zugespitzten Pfeil mit so ruhiger Grazie zu, daß er in demselben Augenblick sich verwundet und angezogen fühlte.

Nein, gnädigste Frau, rief er, Sie müssen mir sagen, was für einen Vorschlag Sie im Sinne hatten. So kurze Zeit ich das Glück habe, Sie zu kennen, so kann ich Sie doch versichern, daß Ihre Erscheinung – jedes Ihrer Worte – einen tiefen, ja unauslöschlichen Eindruck auf mich gemacht hat. Es ist förmlich, als ginge eine völlige Umwandlung mit mir vor, und diese Stunde mit Ihnen –

Er verstummte wieder und wurde rot. Sie sah es, obwohl sie scheinbar an ihm vorbeiblickte, und kam ihm in seiner Verwirrung zu Hilfe.

Mein Vorschlag, sagte sie, lief gar nicht darauf hinaus, Sie zu einem anderen Menschen zu machen, nur dem, der in Ihnen steckt, aus der engen Schale herauszuhelfen. Ich reise jetzt nach Würzburg, um dort eine kranke Freundin zu besuchen. Wenn ich ihr zwei Tage lang Gesellschaft geleistet habe, kehre ich auf demselben Wege zurück und mache nicht eher halt, als in Genua, wo ich mich auf einen Dampfer begebe, um in einem Zuge nach Palermo zu fahren. Denn Sizilien kenne ich noch nicht. Nun habe ich in Goethes italienischer Reise immer mit Neid gelesen, was er über seinen Reisegefährten, den Maler Kniep, berichtet, den er engagiert hatte, um ihm unterwegs jede Stelle, die ihm gefiel, sogleich mit wenigen Linien auf ein reines Blatt zu zaubern. Ich bin kein großer Dichter und keine reiche Fürstin. So sehr aber muß ich mich nicht einschränken, daß ich mir nicht auch eine solche Reisegesellschaft gönnen dürfte. Wir haben freilich jetzt die Photographie. Aber Ihnen am wenigsten brauche ich auseinanderzusetzen, wie viel höheren Wert es hat, eine Künstlerhand zur Verfügung zu haben, als einen photographischen Apparat. Nun dacht' ich, auch Ihnen könne es nicht schaden, durch jemand in dies Paradies eingeführt zu werden, der der Sprache mächtig und in der Kunst des Reisens kein Neuling mehr wäre. Sie wären vollkommen ;padrone, so kurz oder lang bei mir auszuhalten, wie es Ihnen gefiele. Der erste Paragraph unseres Vertrags würde lauten: Freiheit bis zur Rücksichtslosigkeit. Und wenn Sie auf dem Rückwege vielleicht längere Zeit auf Rom und Florenz verwenden wollten, die Mittel dazu –

O, gnädige Frau! fiel er ihr lebhaft ins Wort, ich würde ja unter keinen Umständen an einen Mißbrauch Ihrer Güte und Großmut denken. Ich bin in der Lage, ganz auf eigene Hand ein Jahr im Süden leben zu können, und wenn ich in Ihrem Vorschlage einen Wink des Himmels erblicke, ist es nur, weil Ihre Anregung, die Aussicht, in Ihrer Gesellschaft all diese Weltwunder zu sehen, mir den Entschluß um so vieles erleichtert. Dafür werde ich Ihnen ewig dankbar bleiben. Es ist ja wirklich so, wie Sie sagen: meine Frau, meine lieben Kinder – im Grunde werde ich ihnen weniger fehlen, als ich selbst mir jetzt vorstelle. Christel ist so verständig, so selbständig – sie selbst, wenn ich ihr alles vorstelle – oder noch besser, wenn *Sie* ihr das so sagen könnten, wie Sie es mir gesagt haben –, freilich, Sie müssen nach Würzburg – ich kann Ihnen nicht zumuten, den Abstecher nach Rothenburg –, wer das Kolosseum und die Thermen des Caracalla gesehen, dem muß unser bescheidenes kleinbürgerliches Mittelalter –

Ein Pfiff der Lokomotive unterbrach ihn. Der Zug ging langsamer, Laternen tauchten am Wege auf.

Steinach! sagte der Maler und stand auf, indem er nach seinem Reisesäckchen und der Mappe griff. Hier trennen sich unsere Wege, Sie fahren weiter nach Norden, ich steige in den kleinen Lokalzug, der mich in einer halben Stunde nach Hause bringt. O, gnädige Frau, wenn Sie mir Tag und Stunde angeben wollten, wann Sie bei Ihrer Rückkehr –

Wissen Sie was? sagte sie plötzlich, indem sie nach ihrer Uhr sah. Ich habe es mir überlegt, daß es gescheiter ist, heut' in Rothenburg zu übernachten und die Reise erst morgen fortzusetzen. Ich käme viel zu spät in Würzburg an, um meine Freundin noch sehen zu dürfen. Statt dessen, da ich einmal so nahe bin, fülle ich die Lücken meiner geographischen und historischen Bildung aus und tue einen Blick in Ihr »Jerusalem an der Tauber«. Sie werden so freundlich sein, morgen ein wenig meinen Cicerone zu machen, wenn Frau Christel nichts dagegen hat –

O, meine Gnädige! rief er in freudiger Aufregung, darum hätte ich nie zu bitten gewagt! Wie glücklich machen Sie mich, und wie soll ich jemals –

Der Zug hielt, die Tür des Coupés wurde geöffnet, der junge Maler half seiner so rasch eroberten Gönnerin ehrerbietig beim Aussteigen und begleitete sie dann zu einem Wagen zweiter Klasse, in welchen sie ein paar russische Worte hineinrief. Eine kleine, unheimliche Person mit einem Federhütchen und einer Menge Schachteln, Taschen und Körbchen bepackt, arbeitete sich aus dem überfüllten Raum ins Freie und musterte den blonden Begleiter ihrer Herrin mit einem nicht allzu gewogenen Blick ihrer kleinen kalmückischen Augen. Die Dame schien ihrer Kammerjungfer die veränderte Lage der Dinge auseinanderzusetzen, ohne daß das vielbeladene Geschöpf nur eine Silbe erwiderte. Dann nahm sie den Arm ihres jungen Reisegenossen und wanderte mit ihm unter lebhaftem Gespräch den dunklen Bahnsteig auf und ab, von Italien erzählend, von Rußland, von den deutschen Städten, die sie kennen gelernt, so bequem, gescheit und mit anmutiger Bosheit gewürzt, daß ihrem Gefährten war, als ob er sein Lebtag nie besser unterhalten worden wäre und nie müde werden könnte, dieser unwiderstehlichen Scheherezade zuzuhören.

War es nicht auch wie ein Märchen, daß er diese schöne Frau, die er vor einer Stunde zum erstenmal gesehen, jetzt am Arm führte, daß sie sich entschlossen hatte, ihm in sein kleines, vom geraden Wege seitab gelegenes Nest zu folgen, und alles, was ihm noch verführerisch aus der Ferne winkte? Man kannte ihn wohl auf dem kleinen Bahnhof, hatte aber nie so respektvoll die Mütze vor ihm gezogen, wie heut', wo er in dieser vornehmen Gesellschaft erschien. Bei dem hin und her wankenden Laternenschein sah ihr weißes Gesicht noch weit fabelhafter und prinzeßlicher aus. Sie hatte eine seltsam geformte Mütze von schwarzem Samt mit einem rötlichen Pelz verbrämt aufgesetzt, und ihr kurzes Mäntelchen mit der Kapuze trug den gleichen Besatz. Dabei hatte sie die Handschuhe ausgezogen, und ein großer Saphir blitzte an ihrem kleinen Finger, auf den ihr junger Gefährte, da sie die Hand auf seinen Arm gelegt hatte, immer von Zeit zu Zeit verstohlen hinabschielte. Er hatte lange nicht eine so schlanke, lilienweiße Hand gesehen, an der jedes Glied beseelt und beredt erschien.

Als sie dann aber in den kleinen Lokalzug gestiegen waren, der außer dem Lokomotivchen von dritthalb Pferdekräften nur aus zwei leichten Wagen bestand, wurde ihm doch etwas beklommen zumute. Sie saßen alle drei allein in dem einzigen Waggon zweiter Klasse, da es eine erste nicht gab, und glitten langsam durch die leise umschleierte Mondnacht dahin. Die Zofe hatte sich in die dunkelste Ecke gedrückt und kauerte dort wie verschüttet unter dem Gebirge ihres Handgepäcks. Auf das Gesicht ihrer Herrin fiel der volle Schein der Lampe an der Decke, und der junge Maler ihr gegenüber vertiefte sich immer andächtiger in diese edelgeformten Züge, die seinem Schönheitsideal, wie es ihm in der Gipsklasse der Akademie vorgeschwebt, beinahe vollständig entsprachen. Aber je mehr der Zug sich dem Ziele näherte, desto bänger und unheimlicher wurde ihm der Gedanke, wie sich in diesen wundersamen

Augen, die schon die halbe Welt gesehen, die kleinstädtische Winkelei seines alten Rothenburg spiegeln würde. Auf einmal kam ihm alles, was er dort seit Jahren gekannt und liebenswürdig gefunden, äußerst ärmlich und kümmerlich vor, und er dachte mit Schrecken daran, wie diese schlanke Nase dort morgen am Tag sich rümpfen würde, wenn ihr all die altberühmten Herrlichkeiten, auf die er so große Stücke gehalten, vorübergingen. Seine eingeschüchterte Phantasie flog auch in sein eigenes Haus, und leider ging es ihr auch hier nicht viel besser. Wie würde seine kleine Frau, die nie aus dem Städtchen hinausgekommen, gegenüber dieser Weltfahrerin sich ausnehmen, und seine Buben, die gewöhnlich mit zerzausten Lockenköpfen herumliefen, seine kleinen Mädchen, die noch so wenig Lebensart hatten!

Er bereute lebhaft, daß er sich auf dies vornehme Abenteuer eingelassen hatte, und die Märchenstimmung war plötzlich verschwunden. Zum Glück brauchte er sich nicht Gewalt anzutun; die Fremde hatte die Augen geschlossen und schien allen Ernstes zu schlafen. Die schlitzäugige Kalmückin betrachtete ihn freilich aus ihrem Versteck hervor unausgesetzt, sprach aber kein Wort.

Da hielt der Zug; die Schläferin fuhr in die Höhe, schien Mühe zu haben, sich zu besinnen, wo sie war, und fragte dann, ob ein erträgliches Hotel in Rothenburg sei. Ihr Begleiter, dem der geringschätzige Ton ihrer Worte seinen ganzen Patrizierstolz empörte, rühmte ihr mit würdiger Zurückhaltung den »Goldenen Hirsch«, dessen Omnibus am Bahnhof warte. – Ob seine Frau nicht da sei, ihn in Empfang zu nehmen? – Er habe sich das verbeten, da es so spät sei – zehn Uhr – und sie die Kinder nicht gern dem Mädchen allein überlasse. Morgen hoffe er das Vergnügen zu haben, seine Familie der gnädigen Frau vorzustellen.

Hierauf erwiderte die Russin nichts, die überhaupt nicht in der alten guten Laune war und im stillen gleich ihm diesen übereilten Seitensprung zu bereuen schien. Sie fuhren alle drei, ohne weiter ein Wort zu reden, in dem engen Hotelwagen durch das schwarze Tor und schwankten bedenklich über das holperige Pflaster in die schlafende Stadt hinein. Nur als sie auf den Markt kamen, warf die Fremde, da eben der Mond aus den Dunstwolken vortrat, einen Blick durch das Wagenfenster und äußerte ihr Wohlgefallen an dem stolzen Bau des Rathauses, der sich in dem weißen Silberschein aufs vorteilhafteste präsentierte. Das belebte auch den gesunkenen Mut ihres Begleiters. Er fing an, einiges über diesen Stolz von Rothenburg und seine Entstehung nach einem großen Brande zu erzählen. Es sei ein Gebäude im besten Renaissancestil, und zumal im Sommer, wenn der breitvortretende Altan, der an der ganzen Frontseite hinläuft, mit frischen Blumen geziert sei, könne man sich nichts Stattlicheres und Lustigeres zugleich vorstellen.

Er sprach noch, als sie schon vor dem offenen Tor des »Goldenen Hirschen« hielten. Hans Doppler sprang hinaus und half dann der Fremden, wobei er dem Wirt guten Abend sagte und ihm zuflüsterte, er möge sein bestes Zimmer bereitmachen. Nummer fünfzehn und sechzehn sind frei! erwiderte der Wirt, indem er sich mit zutraulicher Höflichkeit verneigte.

Sie haben da eine schöne Aussicht ins Taubertal, gnädige Frau, sagte der Maler; wenn der Mond noch mehr in die Höhe kommt, werden Sie an der doppelten Brücke unten und dem gotischen Kirchlein Ihre Freude haben. Ich werde mir erlauben, morgen früh bei Ihnen anzufragen, wie Sie geschlafen haben und wann Sie Ihren Rundgang durch die Stadt antreten wollen.

Sie merkte, daß er ein wenig kühl und verstimmt war. Sogleich streckte sie ihm die Hand hin, drückte die seine, während er ihre schlanken Finger ehrerbietig an seine Lippen zog, und sagte: Auf Wiedersehen also, lieber Freund! Kommen Sie nicht gar zu früh. Ich bin ein Nachtvogel, und Ihr Rothenburger Mondschein nebst der Taubernixe werden mich so bald noch nicht zur Ruhe kommen lassen.

Damit folgte sie dem Wirt ins Innere des Hauses, die Zofe, vom Kellner ein wenig ihrer Bürde entlastet, huschte hinterdrein.

Nicht mit so hastigen Schritten wie sonst, wenn er von einem kurzen Ausflug zurückkehrte, sondern wie ein sehr müder, nachdenklicher Mensch, der nicht weiß, welchen Empfang er finden wird, schlug Hans Doppler den Weg nach seinem Häuschen ein. Das lag nahe dem Burgtor in die Stadtmauer hineingebaut und sah nach Nordwest, während die Fenster des Gasthofs, den er jetzt verließ, nach Südwesten gingen. Er zerbrach sich im Gehen den Kopf, was klüger wäre: gleich heute abend eine Generalbeichte abzulegen oder damit bis morgen zu warten. Sobald er nicht mehr unter dem Zauber der gefährlichen Fremden war deuchte ihm die Sache höchst unbequem und fast unrecht und frevelhaft. Doch war er schon zu weit gegangen, um sich ohne große Schande aus dem Handel fortschleichen zu können. Der morgende Tag freilich mußte überstanden werden. Dann aber wollte er eine dringende Verpflichtung vorschützen, die ihn hier festhalte; auf keinen Fall die Dame sogleich begleiten.

Als er hiermit sein Gewissen dem ahnungslosen jungen Weibe gegenüber beschwichtigt hatte, wurde ihm etwas leichter. Er schritt die steile Gasse hinauf über den Markt und wandte sich dann links, immer noch mit zögerndem Schritt, bis er den Turm des Burgtors erreicht hatte. Als er dann aber wieder rechts in das enge Gäßchen einbog, das nach seinem Hause führte, sah er schon von weitem unter dem runden Türbogen in der hohen Gartenmauer eine dunkle Gestalt stehen und hatte kaum Zeit, seine kleine Frau darin zu erkennen, da schlangen sich ihm schon ein Paar weiche, aber feste Arme um den Hals, und ein warmer Mund suchte im Dunkeln den seinen.

Er konnte, da er Mappe und Reisetasche trug, die Umarmung nicht erwidern, noch abwehren, was er zu tun geneigt war, da er einige der Nachbarfenster offen stehen sah und fürchtete, dies zärtliche Wiedersehen möchte belauscht werden. Sie merkte aber seine Verlegenheit und beruhigte ihn, es seien nur die und die alten Leute, die längst wüßten, daß sie sich nach siebenjähriger Ehe noch immer gern hätten. Dann zog sie ihn, vergnügt und leise von hundert kleinen Erlebnissen plaudernd, ins Haus hinein, wo alles schon schlief. Es war ein uralter Kasten, dessen Mauern manchen Sturm des Himmels und wilder Kriegsläufte überdauert hatten. Innen sah man ihm seine Jahre noch deutlicher an, da alles Holzwerk schwarz und rissig, die Treppenstufen schief und abgewetzt, die Wände trotz mancherlei Stützen nicht mehr recht in den Fugen waren. Aber man hätte das ganze greise Bauwerk dem Erdboden gleichmachen und frisch aufführen müssen, um all den Schäden abzuhelfen, und dies konnte der frühere Besitzer so wenig über sein Rothenburger Herz bringen, wie seine Tochter und ihr junger Gatte, dem doch immerhin das Blut des »großen Bürgermeisters« in den Adern rollte.

Auch geschah es heute zum erstenmal, daß Hans Doppler, wie er die schiefe enge Treppe hinaufging, an diesem historischen Häuschen etwas zu tadeln fand, was er freilich klugermaßen für sich behielt. Das Wohnzimmerchen, in das er eintrat, mit der niederen Balkendecke, den sehr altmodischen Möbeln und den Familienbildern an der Wand, kam ihm zum erstenmal beklommen und dürftig vor, so hübsch die kleine Messinglampe mit der grünen Glocke auf dem gedeckten Tische sich ausnahm und die sauberen Schüsseln und Teller mit seinem frugalen Abendessen beleuchtete. Er pflegte sonst bei solcher Heimkehr von munteren Reden überzusprudeln; heute war er ganz still, lächelte dafür beständig, doch halb gezwungen, und streichelte seiner hübschen Frau ein wenig väterlich die Wangen, so daß sie sich im stillen über ihren Mann verwunderte. Erst in der Stube, wo die Kinder schliefen, schien ihm das Band vom Herzen und von den Lippen zu springen, zumal als der zweite Knabe, sein Liebling, weil er der Mutter wie aus dem Gesicht geschnitten war, aufwachte und mit einem Freudenschrei im Hemdchen ihm an den Hals flog. Er gab ihm sogleich ein Spielzeug, das er in Nürnberg für ihn gekauft, und einen großen Lebkuchen, beide nur zum flüchtigen Ansehen, da sofort wieder die Lampe hinausgetragen wurde. Dann setzte er sich Christel gegenüber auf das alte Kanapee, dessen Ueberzug von Haartuch ihm nie so hart und kalt vorgekommen war, aß ein wenig und trank von dem roten Tauberwein aus seinem eigenen Rebgarten und berichtete dabei der jungen Frau, die mit aufgestützten Ellbogen ohne zu essen ihm gegenübersaß, von dem günstigen Erfolge seiner Geschäftsreise.

Und dann sei er von Ansbach aus durch einen Zufall mit einer russischen Generalin, der Frau eines alten Festungskommandanten, zusammen gereist, und die Dame habe Rothenburg sehen wollen und sei im »Hirsch« abgestiegen. Er werde leider nicht umhin können, sie morgen herumzuführen, ja, er überlege, ob es nicht notwendig sein würde, sie zu Tisch zu bitten.

Du weißt, Hans, sagte die junge Frau, daß unsere Marie nicht viel vom Kochen versteht, und ich selbst, wenn ich es nicht ein wenig länger vorher weiß, kann auch nicht hexen. Aber warum willst du diese wildfremde alte Dame gleich so feierlich zu Gaste bitten? Sie hat ja noch nicht einmal Besuch bei uns gemacht. Oder liegt dir etwas daran, sie besonders zu fetieren? Ist es schon eine ältere Bekanntschaft, noch aus deiner Münchener Zeit? Dann müßte ich mich freilich zusammennehmen.

Nein, sagte er, indem er sein Gesicht ziemlich tief auf den Teller bückte. Weder ist's eine alte Bekanntschaft, noch ist sie überhaupt so gar alt. Und du hast recht, Kind, wir müssen sie an uns kommen lassen. Kommen wird sie gewiß, denn ich habe ihr so viel von dir und den Rindern erzählt – – du wirst sehen, eine interessante Frau, sehr kunstverständig –, ihre Fürsprache kann mir wohl noch einmal nützlich sein, denn sie kennt die halbe Welt.

Nun, ich bin begierig, versetzte die junge Frau. Uebrigens, daß jetzt sogar schon Russen auf Rothenburg aufmerksam werden –

Er errötete, da er am besten wußte, wie es mit diesem plötzlich erwachten Interesse zugegangen war. Kind, sagte er, geh jetzt nur zu Bett, deine Stunde hat längst geschlagen. Ich bin noch etwas aufgeregt von der Reise, folge dir aber bald nach.

Du hast recht, sagte sie und gähnte recht herzlich, wobei sie einen nicht gar kleinen, aber frischen roten Mund voll blanker Zähne zeigte. Ich merkte gleich, daß dir nicht ganz recht sei, deine Augen flackern ein bißchen unruhig hin und her, mach das Fenster noch auf und sitz' ein Weilchen in die Kühle. Und gute Nacht!

Sie küßte ihn rasch und ging in das Schlafzimmer nebenan, ließ aber die Tür offen. Nun stand er auf, stieß den Laden zurück und öffnete das Fenster mit den kleinen runden Scheiben. Der Nachtwind hatte alle Dünste unterm Monde verscheucht, das gewundene Tal mit den zarten Bäumchen und frisch beackerten Feldern lag im silbernen Dämmer ihm zu Füßen, und er konnte in der tiefen Stille die raschen Wellen der Tauber flüstern hören, die sich an dem kleinen Wasserturm, den sein Ahnherr gebaut, vorbeidrängten. Es wurde ihm sehr friedlich und genüglich zu Sinn; diesmal folgten seine Gedanken dem Lauf des Flüßchens nicht bis ins grenzenlose Meer hinaus, obwohl es wieder war, wie schon so oft: er hörte rechts das Atmen seiner blühenden Kinder, links die leisen Schritte der kleinen Frau, die vor dem Schlafengehen noch dies und das zu beschicken hatte. Ihm war aber zumute, als hätte ihm das russische Märchen nur geträumt; wenigstens heute nacht sollte es ihm den Schlaf nicht verstören.

Als Hans Doppler in aller Frühe aufwachte und seine kleine Frau, die längst in der Kinderstube zu tun gehabt, nicht mehr neben sich fand, war sein erster Gedanke, was ihm heut' an der Seite seiner vornehmen Gönnerin alles bevorstehe.

Im nüchternen Morgenlicht kam ihm seine Wohnung, sein historisches Hausgerät, ja, seine eigene liebe Frau und die rotwangigen Kinder lange nicht mehr so herzerfreuend vor, wie bei dem nächtlichen Wiedersehen. Er fand das saubere Hauskleid seiner Christel gar zu kleinstädtisch im Schnitt und bemerkte zum erstenmal, daß das Höschen seines Heinz mit einem Tuchläppchen geflickt war, das nicht ganz die Farbe und das Muster des übrigen Stoffes hatte.

33

Sein eigener Anzug von gestern mißfiel ihm höchlich. Er war von so
ehrbarem Schwarz wie ein Kandidatenhabit; da es dem jungen Maler zweckmäßig erschienen war, das Geschäft mit dem Nürnberger
Herrn in einer Toilette zu verhandeln, die hinlänglich Zeugnis gab
für seine bürgerliche Solidität. Auch in der Stadt trug er sich wie
alle anderen; denn als der einzige seiner Art wäre er durch einen
standesmäßigen Maleranzug überall aufgefallen. Der Weltdame
aber wollte er nicht wieder als ein junger Philister vor die Augen
kommen, holte deshalb aus der hintersten Tiefe seines Schrankes
ein Samtröckchen hervor, dasselbe, mit dem er zuerst in Rothenburg eingewandert war, dazu einen breitrandigen schwarzen Filz
und ganz helle Beinkleider. Christel machte große Augen, als er so
umgewandelt vor sie hintrat und ihr erklärte, es sei doch schade um
den guten Rock, daß er nur für die Motten im Kasten hinge. Er wolle überdies jetzt, wo seine Mitbürger endlich erfahren würden, daß
sie durch seine Kunst weit und breit berühmt werden sollten, sich
auch seiner Künstlerschaft nicht länger schämen. Dazu schwieg die
kluge junge Frau, sah ihn aber immer mit ruhig forschenden Augen
an. – Sie selbst könne heut' wohl auch ein übriges tun, warf er,
schon im Fortgehen, hin. Es sei unberechenbar, wann die Generalin
ihren Besuch machen werde. – Sie werde ihr stets willkommen sein,
entgegnete Christel. Uebrigens sei sie immer in der Verfassung, sich
sehen lassen zu können. Auch die Kinder. Wer sie in ihrem Alltags-
kleidchen nicht hübsch genug finde, habe einen schlechten Ge-
schmack. In Rußland, wie sie gelesen habe, liefen sie ganz zerlumpt
und dazu ungewaschen herum, mit dem lieben Vieh in die Wette. –
Damit hob sie das kleine Lenchen auf den Arm, strich ihm die blonden krausen Härchen zurück und küßte es mit stolzer Ruhe auf
seine hellen Augen, die es vom Vater hatte. Ihre eigenen waren
braun.

Hans Doppler unterdrückte einen leichten Seufzer, bemühte sich, seiner kleinen Schar zuzulächeln, und schlug dann eilig den Weg nach dem »Goldenen Hirsch« ein. Er meinte noch viel zu früh zu kommen, es litt ihn aber nicht in dem engen Hause mit seinem heimlichen bösen Gewissen. Er wollte noch etwas herumschlendern, ehe er bei der Fremden anklopfte. Wie er aber auf den Markt kam und die Gasse nach dem Gasthof hinunterblickte, sah er die Dame unten mitten auf der Straße stehen, dem Johanniskirchlein gegenüber, dessen gotische Fenster und alte Bildwerke, unter denen ein schwarzer Christophorus sich besonders hervortat, sie durch eine Lorgnette aufmerksam studierte. Er erschrak, daß er sich so verspätet habe. Sie aber, da sie ihn hastig heraneilen sah, begrüßte ihn schon von weitem mit einem heiteren Kopfnicken und rief:

Sie sehen, lieber Freund, der Geist von Rothenburg spukt mir schon im Kopf. Ich bin bereits mitten in der Bewunderung der guten alten Zeit. Vor lauter Ungeduld habe ich nicht länger als bis

Sieben schlafen können, zu Saschas Entsetzen, die ein Murmeltier ist. Mit bloßen Füßen bin ich aus dem Bett gesprungen, um unten im Tal das Cadolzeller – nein, Cobolzeller Kirchlein und die Doppelbrücke, die mich schon im Mondschein enchantiert hatten, nun im Morgenrot zu bewundern. Ihre Taubernixe ist ein sehr geschmackvolles Fräulein. Und dann habe ich gleich Rothenburger Geschichte und Sage buchstabiert. Als ich das Gebäck zum Frühstück lobte, zitierte mir der Herr Oberkellner den alten Spruch:

In Rothenburg ob der Tauber
Ist das Mühl- und Beckenwerk sauber –

und wie ich vors Haus trat, um mich ein wenig allein zu orientieren, bemerkte mir der Wirt sogleich, dies sei die berühmte Schmiedegasse, und im Bauernkrieg, als sechzig aufrührerische Häupter von irgendeinem Markgrafen auf dem Platz vor dem Rathaus hingerichtet wurden, sei hier das Blut wie ein Bach die steile Gasse heruntergeflossen. Wenn ich nur drei Tage hier bliebe, ich glaube, ich würde eine perfekte Rothenburgerin werden. Denn wirklich: Alles, was ich sehe, gefällt mir. Auch Sie gefallen mir heut' weit besser als gestern. Wissen Sie, daß Ihnen Ihr Malerkostüm vortrefflich steht? Aber, nun kommen Sie, wir dürfen nicht so lange an einem Fleck bleiben. Sie müssen mir nicht vorzugsweise die sogenannten Sehenswürdigkeiten zeigen, sondern die von keinem Bädeker beachteten und besternten Winkel. Und da ich die Frau eines Festungskommandanten bin, will ich zunächst die Türme und Mauern sehen, für den Fall, daß Rußland einmal Rothenburg belagert, zur Revanche dafür, daß es heute meine Eroberung gemacht hat.

Er hatte sie unverwandt betrachtet, während sie mit ihrer geläufigen Zunge dies alles hervorsprudelte. Sie trug den Reiseanzug von gestern, es stand ihr aber alles ein wenig koketter, und das Pelzmützchen saß herausfordernder auf dem einen Ohr. Nun bot er ihr den Arm und führte sie durch kleine Nebengassen nach der Festungsmauer, die noch wohlerhalten um das ganze Stadtgebiet herumläuft, und erzählte ihr, daß die Stadt so viel Türme gehabt habe, wie Wochen im Jahr, von denen auch die meisten noch erhalten seien, und daß viele Jahrhunderte hindurch Freunde und Feinde in allen Kriegsgefahren ihrer zuerst gedacht hätten, sich hineinzuretten mit Hab und Gut oder sich die Stirnen daran einzurennen. Sie hörte seinen Vortrag ziemlich schweigsam mit an, ließ aber ihre scharfen Augen fleißig herumgehen und unterbrach ihn zuweilen durch einen Ausruf der Freude, wenn sie an irgendein wunderliches Gemäuer, ein malerisches Hüttchen, das sich zwischen die Strebepfeiler verkrochen hatte, oder an eine Gassenmündung kamen, durch die man in die bucklige alte Stadt zurücksah. Dann kletterte sie eines der alten grauen Treppchen hinauf, die auf die Mauerhöhe führten, und setzte ihren Weg unter dem niedrigen Schirmdach fort, unter welchem so manchmal die wackeren Bürger gestanden und das Feuer der feindlichen Geschütze erwidert hatten. Hin und wieder blieb sie an einer Schießscharte stehen, lugte hinaus und ließ sich die Himmelsgegend nennen und was da draußen für Wege ins Land hineinliefen. So ging es vom Faulturm durch das Rödertor nach dem weißen Turm, wo sie endlich erklärte, sie habe nun ihren Kursus in der Fortifikation vorläufig satt und wolle in die Stadt zurück. Nur der heilige Wolfgang, der in einer Nische an seinem Kirchlein so sanftmütig und leidgeprüft den zerbrochenen Bischofsstab in die Höhe hält und die andere Hand auf das Modell seines Gotteshäuschens legt, fesselte sie noch eine Weile hier außen. Wenn ich in Rothenburg bliebe, sagte sie, dieser heilige Mann würde mir gefährlich, sehen sie nur, welch ein liebes, unschuldiges und doch weises Gesicht er hat! Ich habe immer gewünscht, einmal einem lebendigen Heiligen zu begegnen und dann ein wenig die Versucherin zu spielen. Glauben sie, daß dieser, wenn ich es auf seine Seele abgesehen hätte, mir widerstände?

Er stammelte ein unbeholfenes Scherzwort. Im Ernst war es ihm zumute, als ob weder Weltkinder noch Heilige sich dieser reizenden Frau entziehen könnten, wenn sie ihr Netz nach ihnen auswerfen wollte, wie er ihre schlanke Gestalt durch die schattigen Mauergänge, Stufen auf und ab schlüpfen sah, ihr Gesicht hie und da von einem Sonnenblitz überflogen, klopfte ihm das Herz in einer seltsamen Bewegung, die er für eine Wallung seines Künstlerblutes hielt. Es war ihm nur befremdlich und fast kränkend, daß sie mit keinem Worte auf ihren gestrigen Plan wegen der sizilischen Reise zurückkam. Und all seiner gestrigen Vorsätze ungeachtet sah er sich doch schon im Geiste neben ihr die Stufen des Amphitheaters von Taormina hinaufklettern und hörte sie in ganz andere Laute des Entzückens ausbrechen, als hier über ein altes Wachttürmchen oder Ausfalltor.

Nun hing sie sich wieder an seinen Arm, als sie in die Stadt zurückkehrten, und er führte sie geradeswegs nach der alten Jakobskirche, dem eigentlichen Münster der Stadt. Sie beschaute sich indessen den schönen gotischen Bau mit viel geringerem Interesse, als er gedacht hatte; und selbst die drei berühmten Altäre mit ihren trefflichen Schnitzarbeiten ließen sie kalt. Nur die gläserne Kapsel an dem einen, in welchem das heilige Blut aufbewahrt wird, starrte sie lange an und schlug ein Kreuz. Er dachte ihr zu imponieren, indem er ihr sagte, den Hochaltar habe Heinrich Toppler gestiftet, samt den Gemälden von Michael Wohlgemuth, und ihr das Wappen des großen Bürgermeisters mit den zwei Würfeln zeigte. sie aber gähnte leicht durch die Nase und verlangte ins Freie hinaus. Dann erregte wieder der schwarze Fleck an der Wölbung jener Durchfahrt, unter welcher die Straße mitten durch die Kirche hindurchführt, ihr Interesse. Ein Bauer, erzählte er ihr, der mit Flüchen sein Gespann hier durchgetrieben, sei vom Teufel gepackt und hoch an das Gewölbe geschleudert worden; der Leib sei herabgefallen, die arme Seele aber droben festgeklebt. Da lachte sie, daß ihre Zähne blitzten. Ihr seid närrische Antiquitätenkrämer, ihr Herren Rothenburger! rief sie. Und nun lassen sie mich noch Ihr Rathaus sehen und dann basta für heut'!

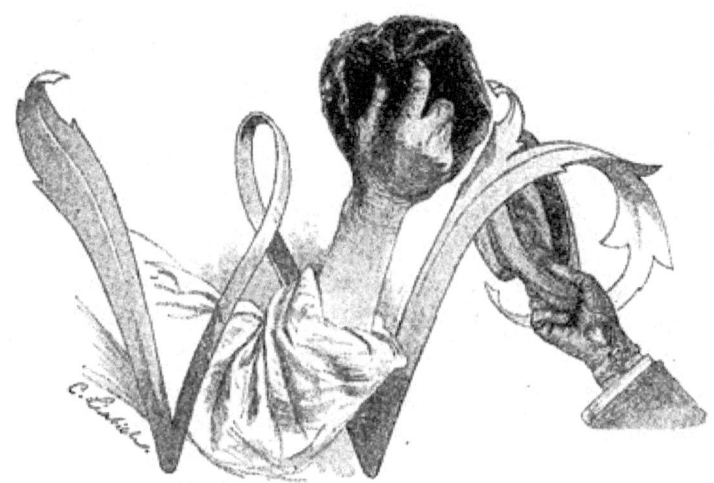

Wissen sie wohl, sagte sie, als sie den kurzen Weg nach dem Markte zurücklegten, daß es mir vorkommt, als sei dies deutsche Pompeji von lauter guten Menschen bewohnt, deren Treu' und Redlichkeit genau so wie die alten Steine ein paar Jahrhunderte lang verschüttet gewesen und nun wieder ans Licht gekommen sei? Ich habe noch kein boshaftes Gesicht hier gesehen. Alles grüßt sich; es ist wie eine große, wohlerzogene Familie, wo jeder sich gesittet beträgt, weil er von allen anderen im Auge behalten wird. Auch sie werden einmal flotter und unternehmender in die Welt gesehen haben. Jetzt haben sie denselben sanften Pietätsblick, sie müssen es mir nur nicht übelnehmen, wenn ich manchmal eine kritische Miene mache.

Er versicherte eifrig, daß ihn ganz im Gegenteil ihre geistvoll unbefangene Auffassung aller Dinge sehr anziehe. Damit wurde er gleich im großen Sitzungssaal auf eine harte Probe gestellt. Als die Kastellanin die Geschichte vom Meistertrunk, jener vielbesungenen Rettungstat des Altbürgermeisters Nusch, erzählte, der von dem eisernen Bezwinger der Stadt, dem bösen Tilly, das verwirkte Leben des ganzen Rats und die Schonung der Einwohner erlangte, indem er das für unmöglich Gehaltene tat und einen Pokal, der dreizehn bayerische Quart hielt, auf einen Zug leerte, brach die übermütige

Frau in helles Lachen aus. Es sei ihr, entschuldigte sie sich hernach, nicht sowohl die artige Historie spaßhaft erschienen, als der gerührte und feierliche Vortrag, der dies Kraftstück zu einer Tat des erhabensten Heroismus aufgebauscht habe. Auch sei ihr eingefallen, daß diese Legende ein Gegenstück zu jener von dem römischen Ritter Curtius bilde, nur daß dieser, um seine Stadt zu retten, in den Abgrund gestürzt sei, während der Rothenburger Curtius den Abgrund in sich getragen habe – und was der unehrerbietigen Possen mehr waren.

Er mußte sich mit Betrübnis sagen, daß es dieser Frau, die er im übrigen für ein Geschöpf von seltener Vollkommenheit hielt, an historischem Sinn fast gänzlich mangelte.

Wollen Sie auf den Turm steigen? fragte er. Es ist ein bißchen schauerlich, obwohl ganz sicher. Denn das Mauerwerk ist von Grund auf bis in die höchste Spitze ganz mit eisernen Klammern verankert, so daß der viereckige, hohe Pfeiler zäh zusammenhält; oft aber wenn Sturm ist, schwankt der Turm wie ein hin und her geschüttelter Baum.

Schade, daß heut' so stille Luft ist! erwiderte sie. Natürlich steigen wir hinauf.

Nun klomm er ihr voran die steilen Holztreppchen empor, bis sie die oberste Höhe erreicht hatten, wo auf ihr Klopfen eine Falltür sich öffnete und ein kleines grauköpfiges Männchen, das den Turmwächterdienst versah, sie freundlich begrüßte.

Sie sah sich in dem luftigen Raum, der durch vier kleine Fenster den hellen Mittag hereinströmen ließ, aufmerksam um, setzte sich auf den Schemel, von dem das Männchen aufgestanden war, und ließ sich in ein Gespräch mit ihm ein, das der einsame Turmhahn mit großem Eifer unterhielt. Auf dem Tischchen lag Nähzeug und eine halbfertige Weste, denn der Wächter war seines Zeichens ein Schneider und »bekleidete« nicht nur ein städtisches Amt, sondern auch seine Mitbürger. Sie steckte den stählernen Fingerhut an, in welchem ihre zarte Fingerspitze förmlich ertrank, tat ein paar Stiche und fragte, ob er ihr sein Amt und sein Handwerk abtreten wolle. Er sei der einzige Mensch in der Welt, den sie beneide, da er trotz seiner hohen Stellung nicht überlaufen werde, und wenn er einmal in einem Gewitter vom Blitz getroffen würde, es so viel näher zum

Himmel habe. Das Männchen erzählte dagegen, es habe Frau und Kinder und täglich nur sechzig Pfennig Gehalt, so daß sein Leben nicht das sorgenfreieste sei. Und nun wies er ihr die Signalapparate für Feuersbrünste und klagte, was er oft für Angst ausstehe, wenn der Turm so schwanke, daß das Wasser in seiner Schüssel über den Rand schlage.

Sie fragte dann, ob man nicht ins Freie hinaus könne, auf die Galerie, die um den Turmhelm herumläuft, sofort ließ der Wächter eine kleine Leiter herab, die an der Zimmerdecke befestigt war, kroch auf ihr voran und öffnete eine metallene Klappe, die ein nicht gar großes dreieckiges Toch verschloß.

Ob die gnädige Frau es riskieren wolle, da durchzuschlüpfen?

Gewiß wolle sie das, sie sei noch eben schlank genug; nur sollten die Herren vorangehen.

Hans Doppler, der seine kleine Frau nie dazu gebracht hatte, sich durch den Ausschnitt zu zwängen, gab seine Bewunderung ihres Mutes nur durch einen feurigen Blick zu erkennen und kletterte hurtig hinauf, dem Turmwächter nach. Im nächsten Augenblick sah er die schöne Frau aus der Luke auftauchen und reichte ihr die Hand, um ihr vollends hinauszuhelfen. Da standen sie Schulter an Schulter hochatmend in dem engen Umgang neben dem Glockenstuhl, nur durch einen dünnen Geländerstab von der schwindelnden Tiefe getrennt.

Die Stadt lag so reinlich, wie einem Nürnberger Spielschächtelchen entnommen, zu ihren Füßen, die Türme der Jakobskirche, von Schwalben umflogen, blieben unter ihnen, sie sahen die silberne Tauber ins Land hinauswandern und den Rauch aus hundert Schornsteinen in dünnen Spiralen kerzengerade aufwirbeln. Es war die Mittagsstunde und die Gassen fast menschenleer.

Plötzlich wandte sie sich zu ihrem Begleiter.

Wenn sich hier oben zwei Menschen küssen, kann man es unten sehen? fragte sie.

Er wurde dunkelrot im Gesicht.

Es kommt darauf an, wie gute Augen man hat, sagte er. Aber soviel ich weiß, hat man dergleichen noch nie beobachtet.

Wirklich nicht? sagte sie mit leisem Lachen. Steigen keine Liebespaare hier auf den Turm – oder sonst Menschen, die durch den hohen Standpunkt verführt werden, eine kleine Tollheit zu begehen? Denken Sie nur, wie das die guten Spießbürger da unten skandalisieren müßte, wenn sie halb im Nachmittagsdämmer hier heraufschielten und sähen plötzlich so einen lustigen Unfug! Vielleicht ließe der Magistrat dann hier oben einen Anschlag machen, das Küssen sei bei drei Mark Strafe polizeilich verboten.

Er lachte verlegen.

In den Knopf der Peterskirche bin ich einmal hinaufgestiegen, fuhr sie fort; ein junger Franzose begleitete mich, der behauptete, er müsse mich, als wir in der großen kupfernen Kugel saßen, durchaus embrassieren, das sei eine ehrwürdige alte Sitte. Ich verbat es mir aber, eben weil man da oben ganz sicher ist vor indiskreten Blicken. Mich hätte nur die Gefahr reizen können. Man muß den Mut seiner dummen Streiche haben, sonst sind sie eben nichts weiter als dumm. Meinen Sie nicht auch?

Er nickte eifrig. Es wurde ihm immer schwüler und unheimlicher. Zugleich aber fühlte er immer deutlicher die Macht, die diese Frau über ihn gewann.

Sie sind für die Höhen des Lebens geboren, stammelte er. Mir wird in Ihrer Nähe so frei und leicht; ich könnte mir einbilden, wenn ich hier lange neben Ihnen stünde, würden mir Flügel wachsen und mich hinaustragen weit über das Gewöhnliche.

Sie sah ihn mit einem scharfen, durchdringenden Blick von der Seite an. – Nun denn, warum wollen Sie sich nicht tragen lassen?

Er sah verwirrt in die Tiefe hinunter. In diesem Augenblick dröhnte es zwölfmal von der Jakobskirche, und augenblicklich tat auch der kleine Turmwächter zwölf Schläge an die große dunkle Glocke hinter ihnen.

Die Frau zuckte die Achseln und wandte sich ab. Kommen Sie! sagte sie kühl. Es ist spät; Ihre Frau wird mit der Suppe auf sie warten. – Dann strich sie ihr Kleid glatt an den Hüften zusammen, daß es sich fest um ihre Knie und Knöchel legte und tauchte sich wieder in das enge Joch hinein, mit den kleinen Füßen vorsichtig die Leitersprossen suchend. Er kam zu spät mit seiner Hilfe. Als er selbst wieder unten in der Turmstube anlangte, stand sie schon vor dem handgroßen Spiegelchen des Schneiders und ordnete ihr Haar.

Sie schien etwas von ihrer guten Laune eingebüßt zu haben, und er gestand sich heimlich, daß er schuld daran sei. Er ärgerte sich schwer, daß er sich wie ein Holzklotz aufgeführt und das Glück nicht rasch beim Stirnhaar gefaßt hätte. Nicht daß er irgend etwas Arges, eine wirkliche Untreue gegen seine gute Frau übers Herz gebracht hatte. Aber es war ja nur auf ein übermütiges Spiel, wie beim Pfänderauslösen, abgesehen, und er hatte den Spielverderber gemacht, was mußte sie von seiner Rothenburger Unweltläufigkeit denken! Und würde sie sich mit einem solchen Stockfisch sich ferner befassen wollen?

Sie hatte kurzen Abschied von dem Turmhüter genommen, der durch den Taler, den sie ihm in die Hand drückte, völlig versteinert war. Die Stiegen hinunter sprachen sie kein Wort. Aber auch in der breiten, stillen Herrengasse, wo er ihr sonst gewiß die Tafeln an den Häusern erklärt hätte, durch welche angezeigt wird, wo und wie lange dieser und jener hohe Monarch in der alten Reichsfeste geherbergt hatte, ging er stumm neben ihr her. Sie merkte, daß ihm Verdruß und Reue den Mund versiegelten, und da er ihr in seiner Beklommenheit doch sehr wohlgefiel, fing sie wieder in ihrem traulichen Ton an zu plaudern. Wie sie dann durch das Burgtor traten auf das schmale, mit Bäumen und zierlichen Büschen bepflanzte Vorgebirge des Plateaus, das vor Jahrhunderten die eigentliche Rothenburg getragen hatte, äußerte sie ein lebhaftes Vergnügen an dem noch kahlen Gezweig, dem alten Pharamundsturm und dem Ausblick nach rechts und links. Da wurde auch er wieder munterer, zeigte ihr jetzt den kleinen Wasserturm unten im Tal, den Heinrich Toppler erbaut und in dessen bescheidenem Raum er König Wenzel gastlich aufgenommen hatte – und dort oben, sagte er, wo Sie die vier kleinen Fenster sehen, die Hauswand bildet einen Teil der

Stadtmauer –, da wohne ich, und wenn Sie mir die Ehre schenken wollen –

Nicht jetzt, sagte sie rasch. Ich habe Sie schon zu lange herumgeschleppt. Ich gehe nun in den Gasthof zurück, allein, denn ich könnte mich jetzt schon bei Nacht und Nebel in der Stadt zurechtfinden, und wenn ich mich verirren sollte, um so besser. Nichts langweiliger, als immer bekannte Wege zu gehen. ¡la recherche de l'inconnu – das ist von jeher meine Lebensaufgabe gewesen. Also gehen Sie jetzt nach Hause; auf den Nachmittag lade ich mich bei Ihnen ein auf eine Tasse Kaffee. Aber Sie dürfen mich nicht abholen, hören Sie wohl? Adieu!

Sie reichte ihm ihre Hand; er konnte sich aber nicht entschließen, jetzt den bloßen Handschuh zu küssen, nachdem er vorhin ihre Lippen verscherzt hatte.

So ging er in seltsamer Aufregung von ihr.

Als er dann nach Hause kam, fand er, daß Christel mit dem Essen nicht auf ihn gewartet, doch auf alle Fälle seine Portion ihm aufgehoben hatte. Sie habe gedacht, er werde mit seiner alten Generalin im Hotel speisen, und die Kinder hätten Hunger gehabt. Nun trug sie ihm die einfache Kost nachträglich auf, die ihm zum erstenmal nicht schmecken wollte. Dabei saß sie ihm wieder gegenüber und plauderte mit ihrer ruhigen Munterkeit von Dingen, die ihm heute, nachdem er »auf der Menschheit Höh'n« gestanden, herzlich schal und unersprießlich vorkamen. Die Kinder spielten im Garten, bis auf den Aeltesten, der schon zur Schule ging, und waren nicht in ihrem Paradeanzug. Höre Kind, sagte er, du könntest wohl eine andere Schleife ins Haar tun und dem Lenchen sein blaues Kleid anziehen, die Generalin will zum Kaffee kommen.

Findest du die Schleife nicht mehr gut genug? erwiderte sie, sich im Spiegel betrachtend. Ich habe sie mir erst vor acht Tagen gemacht. Warum sollen wir uns so festlich herrichten, wenn eine alte Russin uns kennen lernen will?

Hm! sagte er, ich habe dir schon gesagt, so gar alt ist sie nicht, zwischen dreißig und vierzig, und sehr elegant, und da wir es doch haben, warum wollen wir uns ärmlicher anstellen, als nötig? Die alten Möbel freilich können wir nicht austauschen, aber du solltest wenigstens die ganz dünnen, brüchigen Löffelchen wegtun und dafür die neueren nehmen, und wenn du auch kein Staatskleid anziehen willst –

Er stockte, obwohl sie ihn mit keinem Wort unterbrach. Aber ihr Blick, mit dem sie im Grunde seines Herzens zu lesen suchte, machte ihm zu schaffen.

Höre, Hans, sagte sie, du kommst mir wunderlich vor. War dir nicht sonst hier alles lieb und recht, und hast du nicht selbst gesagt, dies alte Sofa, auf dem wir saßen, als unsere Verlobung gefeiert wurde, würdest du nie aus dem Hause lassen? Und war dir das Kaffeelöffelchen nicht gut genug, als ich dir die erste eingemachte Kirsche damit in den Mund steckte? Die neuen, weißt du ja, gehören dem Heinz, dem sein Pate alle Jahre einen schenkt, bis das Dutzend voll ist. Soll ich von unserm Buben etwas borgen, um vor einer fremden Dame damit zu prahlen? Mein Kaffee ist berühmt in der ganzen Stadt; die Marie soll zum Konditor laufen, um frisches Gebäck zu holen; wenn's dann deiner Russin nicht gut genug ist bei uns, tut sie mir leid. Uebrigens scheinst du heut' erst ihren Taufschein näher studiert zu haben. Um so besser, wenn es keine alte Schachtel ist. Sag, hat sie Kinder?

Ich glaube nicht. Sie hat nicht davon gesprochen.

Gleichviel. Ihre silbernen Löffel mögen schöner sein als meine. Was unsere Kinder betrifft – die, denk' ich, können sich neben allen russischen Generalskindern sehen lassen. Ich will ihnen nur ein bißchen die Hände waschen, sie graben ihr Gärtchen um. Erde ist übrigens kein Schmutz.

Damit ging sie in den Garten hinunter, während er, froh, daß er allein war, im Zimmer herumspähte, wo etwas aufzuräumen oder nach seinem Sinne ein wenig malerischer zu ordnen wäre. Er holte aus seinem Dachstübchen, das er durch ein halbverdecktes Nordfenster zum Atelier eingerichtet hatte, ein paar Aquarelle und hing sie an die eine Wand, statt des Pastellbildes einer verschollenen Großtante. Eine Staffelei trug er in die Ecke neben dem kleinen Fenster und stellte eine Oelskizze darauf. Gern hätte er die Servante mit allerlei Gläsern, Tassen, künstlichen Blumensträußen und Alabasterfigürchen ganz beseitigt, und wenn er sie zum Fenster hinaus auf den Wall hätte stürzen müssen. Er wußte aber, daß dieses Schatzhaus voll geschmackloser Andenken seiner Frau viel zu sehr ans Herz gewachsen war, als daß sie ihm eine solche Gewalttat je vergeben hätte. Seufzend betrachtete er endlich sein Werk; es sah nicht viel anders in dem Stübchen aus, als vorher; er mußte sich gestehen, daß der Stempel genügsamer Kleinstädterei seinem Leben zu tief aufgedrückt war, um sich im Handumdrehen tilgen zu lassen.

Aber freilich, dieser Käfig war zu eng für einen hochstrebenden Künstlerflug. Hinaus mußte er, wenn der Schein, der seinen Augen bisher all diese Armseligkeit verhüllt hatte, nicht endlich daran festwachsen sollte.

Da kam Christel wieder herein, warf einen verwunderten Blick auf die Staffelei und die neuen Bilder an der Wand und lächelte ein wenig, sagte aber kein Wort.

Sie breitete eine zierlich geblümte Kaffeedecke auf den Tisch und nahm ihre besten Tassen aus der Servante, die freilich auch schon ziemlich bejahrt und mit den Zieraten einer vergangenen Zeit geschmückt waren. Das Hauptstück ihres bescheidenen Silberschatzes, eine kleine Zuckerdose, auf deren Deckel ein Schwan seine Flügel ausbreitete, wurde mitten zwischen die beiden Teller gestellt, welche die Magd jetzt mit Kuchenwerk füllte. Die kleine Frau schien sich nicht sehr zu wundern, daß ihr Hans schweigsam vor ihrem Nähtisch am Fenster saß, ein Buch in der Hand, in welchem er zum Scheine las. Auch ließ sie ihn bald wieder allein, immer leise vor sich hin lächelnd, was ihren hübschen vollen Mund sehr verschönerte, aber dafür hatte er jetzt keine Augen.

So schlich noch eine kleine Stunde hin, und er hörte sie draußen in der Küche hantieren und mit der Magd reden, aber ihre ruhige sanfte Stimme, die er sonst so geliebt hatte, peinigte ihn jetzt, er wußte selbst nicht, warum. Auf einmal ging die Haustür unten, er fuhr auf und stürzte auf den Flur hinaus. Da trat ihm Christel entgegen.

Mußt du sie wirklich unten an der Treppe empfangen wie eine Prinzeß? warf sie ganz gelassen hin. So gar kleine Leute sind wir doch nicht!

Du hast recht, sagte er etwas verwirrt. Ich wollte auch nur sehen, ob du da bist.

Sie trat ihm voran wieder in das Zimmer zurück. Gleich darauf trat die Fremde ein. Christel ging ihr entgegen mit unbefangener Freundlichkeit, während der junge Ehemann sich stumm verneigte.

Auch die Dame schien ihn fast zu übersehen; sie wandte sich ausschließlich an die junge Frau, die sie einlud, auf dem kleinen harten Sofa neben ihr Platz zu nehmen, indem sie ihr dankte, daß sie bei ihrem kurzen Aufenthalt Zeit gefunden habe, sich zu ihr zu bemühen. Unser altes Häuschen gehört nicht zu den Merkwürdigkeiten von Rothenburg, sagte sie. Wir haben keine so schöne Vertäfelung, wie in dem Saal des Weißbäckerschen Hauses, und obwohl alles alt bei uns ist, ist es darum nicht schön. Mir freilich gefällt es, weil ich es von Kind an gesehen und auf all diesen schlechten Stühlen Menschen habe sitzen sehen, die ich lieb hatte. Mein Mann aber – und sie warf ihm einen schalkhaften Blick zu – würde es ohne Kummer mit ansehen, wenn all unser Hausgerät zum Trödler wanderte oder in den Ofen gesteckt würde. Das beste, was wir haben, ist Gemeingut und liegt draußen vor dem Fenster, sie müssen unsere Aussicht betrachten, gnädige Frau. Dann werden sie es begreiflich finden, daß auch ein Maler mit diesem alten Nest zufrieden sein konnte – wer weiß freilich, wie lange noch!

Wieder sah sie ihren Hans mutwillig von der Seite an, der jetzt das Nähtischchen zurückschob, um dem fremden Besuch die Aussicht zu zeigen. Die Dame aber blieb sitzen und sagte, sie habe das Taubertal schon von der Burg aus aufmerksam studiert und sei jetzt nur um Christels wegen hier. Offenbar hatte sie sich vorgenommen, sehr gnädig und leutselig zu sein und die scheue junge Frau auf alle Weise aufzumuntern. Als sie aber merkte, daß es dessen durchaus nicht bedurfte, wurde sie selbst etwas unsicher in ihrem Betragen, schwieg gegen ihre Gewohnheit lange und hörte dem einfachen Geplauder zu, in welches der Gatte nur dann und wann ein Wort einmischte. Die Magd brachte den Kaffee, und Christel bediente ihren Gast, ohne viel Wesens davon zu machen. Sie beobachtete dabei scharf das Gesicht der Fremden und schien durch das Ergebnis ihrer Prüfung immer heiterer und zuversichtlicher gestimmt zu werden. Dann fragte sie nach den Reisen der Frau Generalin, nach ihrem Mann und ob sie Kinder habe. Auf das rasche Kopfschütteln der Fremden ließ sie dies Thema fallen. Gleich darauf aber stürmten die drei Aeltesten die Treppe herauf und ins Zimmer, der größte Knabe hatte das jüngste, erst zweijährige Schwesterchen auf dem Arm, sie sahen alle vier schön und blühend aus und wurden nur ein wenig kleinlaut, als die Mutter sie heranrief, der Dame eine Hand zu geben. Diese betrachtete sie mit scheinbarem Wohlwollen durch ihre Lorgnette, wußte aber offenbar nicht viel mit ihnen anzufangen. Dann, mit einem Blick auf ein kleines verblichenes Klavierchen, das hinten an der Wand stand, fragte sie alsbald, ob Frau Christel auch Musik treibe.

Sie habe als Mädchen gespielt. Jetzt mache ihr der Haushalt zu viel zu schaffen, und sie öffne das alte Instrument nur noch, um einmal ein Lied, das ihre Kinder sängen, zu begleiten.

Natürlich bat der Gast, ihr ein solches Familienkonzert zum besten zu geben, und obwohl der Hausvater bemerkte, es sei ein sehr bescheidener Genuß, ließ sich die junge Frau doch nicht lange bitten. Sie hob das Kleinste, das ihr auf den Schoß geklettert war, sanft herab und setzte es in die Sofaecke. Dann ging sie nach dem Klavier, schlug ein paar Akkorde an mit ungeübter, aber musikalischer Hand und spielte die Melodie des Liedes: »In einem kühlen Grunde.« Die zwei Knaben und das Lenchen waren leise hinter sie getreten und fingen ein wenig zaghaft an zu singen. Bei der zweiten Strophe aber klangen die jungen Töne frisch und herzhaft, und die Mutter sang nun auch, mit einer Stimme, die eine schöne dunkle Altfarbe hatte und das ganze zarte Lied mit einer seltsamen Macht und Innigkeit durchdrang.

Hans saß am Fenster und warf zuweilen einen verstohlenen Blick auf die Fremde, deren Gesicht, je länger sie lauschte, einen immer herberen und unseligeren Ausdruck annahm. Als das Lied zu Ende war, schwieg sie noch immer. Christel stand auf und sagte den Kindern etwas ins Ohr, worauf sie sich mit einem artigen Kopfnicken zum Zimmer hinausstahlen, sie nahm dann das Jüngste, das eingeschlafen war, und trug es zur Magd hinaus. Als sie wieder hereinkam, saßen die beiden noch immer in ihrer schweigsamen Versonnenheit.

Willst du der Frau Generalin nicht auch dein Atelier zeigen? sagte sie heiter. Da ist doch mehr zu sehen, als hier unten.

Sogleich stand er auf, und auch die Fremde erhob sich. Sie wissen gar nicht, wie gut Sie singen! sagte sie, indem sie Christel die Hand reichte. Musik macht mich nur immer melancholisch; nicht die großen, rauschenden Opern und Konzerte, aber eine reine, warme Menschenstimme. Und nun wollen wir in die Werkstätte der Kunst.

Er führte sie eine kleine, dunkle Hühnerstiege hinauf und öffnete die Tür des sogenannten Ateliers. Die weißgetünchten Wände der geräumigen Bodenkammer waren mit Skizzen und Studien aus seiner akademischen Zeit bedeckt, ein Maltisch stand dicht neben dem Fenster, wo er seine Wasserfarbenkünste trieb, auf ein paar Staffeleien hatte er ein vollendetes und ein eben untermaltes Oelbild gestellt, natürlich Rothenburger Stadtansichten.

Sie schien aber heute ein weit kühleres Interesse an diesen Arbeiten zu nehmen, sagte nur selten ein Wort über eines der Studienblätter und wandte sich bald dem Fenster zu, durch welches man die Tauber hinab über die sanften, grünen Abhänge des Plateaus bis nach dem Dörfchen sah, das seinen alten Turm zwischen hohen, jetzt noch unbelaubten Bäumen in die leicht überwölkte Frühlingsluft erhob.

Es ist nichts Besonderes an diesen Farben und Linien, sagte er; nur als Rahmen zu dem ganzen Stadtbilde macht es sich nicht übel. Wie anders muß es sein, auf dem Kapitol zu stehen und über die Kaiserpaläste und das Forum hinweg die schönen, klassischen Konturen des Albanergebirges zu betrachten! Ich kenne das freilich nur aus den Bildern! schloß er mit einem Seufzer.

Sie werden es ja auch einmal in der Wirklichkeit sehen, das und noch anderes Schöne. Einstweilen ist auch dies nicht zu verachten, ein jedes nach seiner Art.

Dann sprach sie von etwas anderem. Ihm aber genügte es schon, daß sie doch wieder auf seine Reise in den Süden zurückgekommen waren, zum erstenmal an diesem ganzen Tage. Er suchte eben in seinen Gedanken, wie er den Faden, den sie fallen gelassen, weiterspinnen sollte, als sie abbrach und ihn bat, sie wieder hinunterzuführen. sie habe vor der Abreise noch einige Briefe zu schreiben, zu denen sie hier größere Ruhe fände, als in Würzburg. Wann der Abendzug gehe?

Um acht! erwiderte er.

Nun gut. Wir sehen uns doch noch auf dem Bahnhof? Jetzt will ich nach Hause.

Als sie in die Wohnung hinunterkamen, fanden sie Christel nicht dort; die Frau sei im Garten, sagte die Magd, die einen roten Kopf bekam und sich durchaus nicht bewegen ließ, das anzunehmen, was die Fremde ihr in die Hand drücken wollte. Im Gärtchen aber kam ihnen Christel entgegen, einige Hyazinthen und Frühlingsblumen in der Hand, die sie eben abgeschnitten und zu einem kunstlosen Sträußchen zusammengebunden hatte.

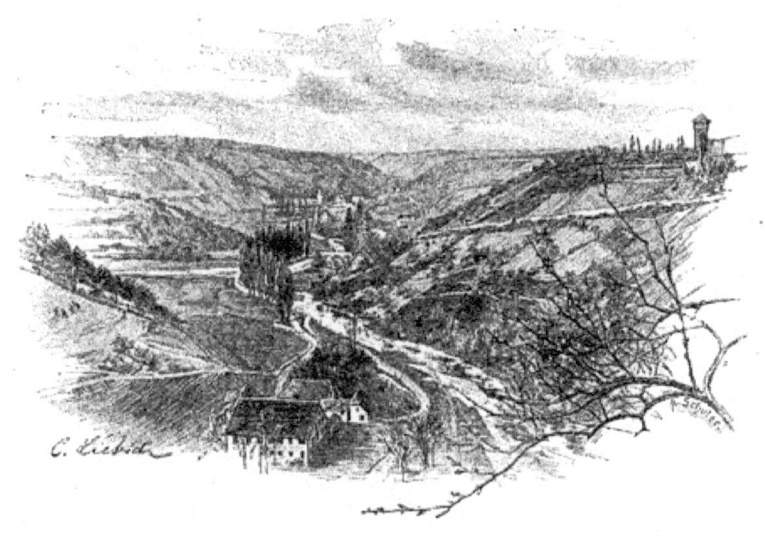

Sie müssen so fürliebnehmen, sagte sie; meine Rosen, auf die ich sehr stolz bin, kann ich Ihnen noch nicht bieten. Aber diese gelbe Hyazinthe, sehen sie, mit den grünen Kelchen, habe ich selbst gezogen; man wird nicht leicht eine schönere finden. Ich habe eine glückliche Hand mit Kindern und Blumen, das ist mein einziges Talent.

Die Fremde nahm den Strauß und umarmte die Geberin, indem sie sie aus die Wange küßte, sie ließ sich in dem Gärtchen herumführen, das mit hohen Mauern umgeben und in dieser Jahreszeit noch nicht recht durchsonnt war. Doch hatte sich ein dichter Efeu der schwarzen Wände erbarmt und sie mit einem dunkelgrünen Teppich bekleidet, gegen den die jungen Sprossen der Obstbäume und die Beete mit Primeln, Krokus und Hyazinthen lustig abstachen. Die Kinder spielten in einem Winkel, wo sie ein eigenes krauses Gärtchen bearbeiteten, ohne sich durch den Besuch stören zu lassen.

Ich muß nun Abschied nehmen, sagte die Fremde. Ich kann Sie leider nicht zu einem Gegenbesuch in meiner sogenannten Heimat einladen. In unserer Festung sieht es nicht grün und lachend aus, wie hier, und ob ich eine glückliche Hand habe mit Kinder- und Blumenzucht, habe ich nie erprobt. Aber ich danke Ihnen für diese schönen Stunden. Ich werde sie nie vergessen, sie haben mir so wohl und weh getan, wie lange nichts. Adieu!

Sie umarmte Christel aufs neue und küßte sie diesmal auf den Mund. Dann nickte sie dem jungen Gatten zu mit einem kaum hörbaren:»Auf Wiedersehen!« und verließ rasch durch das graue Bogentor den Garten.

Es war erst halb acht Uhr und die Sonne noch kaum hinunter, als der Omnibus des »Goldenen Hirschen« bereits durch das östliche Stadttor rollte und bald darauf auf dem Platze hinter dem kleinen Bahnhof hielt. Aber ehe noch der Hausknecht den Wagenschlag öffnen konnte, war schon der junge Mann mit dem schwarzen Malerhut, der dort gewartet hatte, herzugesprungen, um zuerst der gnädigen Frau, dann auch der schachtel- und taschenbeladenen kalmückischen Zofe herauszuhelfen.

Er selbst hatte einen leichten Paletot über die Schulter gehängt, aus dessen Tasche ein dickes Paket heraussah, und ein großes Skizzenbuch unter dem Arm. Sein Gesicht war etwas gerötet, sein Blick unstet und aufgeregt. Er fragte, ob die Billette bereits genommen seien, und eilte dann an den Schalter, von dem er rasch wieder zurückkehrte. Zwei kleine Kärtchen übergab er seiner Gönnerin, ein drittes steckte er in die eigene Tasche.

Sie fahren mit? fragte die Fremde, die plötzlich stehen blieb, während Sascha ihre Siebensachen nach dem Wartezimmer schleppte.

Er nickte nur, indem er sie verwundert und ein wenig bestürzt ansah.

Wohin reisen Sie denn, da Sie erst gestern zurückgekommen sind? Wohin? Das hoffe ich von Ihnen zu erfahren, gnädige Frau. Sie betrachtete ihn einen Augenblick, wie wenn ein Irrsinniger zu ihr gesprochen hätte.

Haben Sie mir nicht so überzeugend vorgestellt, fuhr er mit klopfendem Herzen fort, daß ich es mir schuldig sei, erst ein wenig die Welt zu sehen, ehe ich mich in diesem kleinen Nest für immer festsetzte? Und waren Sie nicht so gütig, mich zu Ihrem Reisebegleiter zu wünschen, damit ich Ihnen überall die Landschaften skizziere, die Ihnen besonders gefielen? Ich habe es reiflich überlegt und gefunden, daß Sie recht haben, daß ich keine Zeit zu verlieren hätte, wenn ich meinen versäumten Lebensplan wieder aufnehmen wollte, und so bin ich hier und stehe zu Ihren Diensten.

Immer noch schwieg sie, aber sie sah jetzt von ihm weg in den Abendhimmel hinein, wo eben die Venus mit sanftem Leuchten aufging.

Weiß Ihre Frau von diesem Entschluß, und ist sie damit einverstanden?

Meine Frau – der hab' ich nur gesagt, daß ich Ihnen am Bahnhof Lebewohl sagen wollte. Von Steinach aus denke ich ihr zu telegraphieren, sie solle mich heute nicht erwarten, ich machte noch eine kleine Studienfahrt. Von Würzburg schreibe ich ihr ausführlich und setze ihr die Gründe auseinander, weshalb ich mich so von ihr weggestohlen habe. Es würde ihr und mir ohne Not das Herz schwergemacht haben, und in Jahr und Tag sehen wir uns, so Gott will, froh und gesund wieder. Sie ist eine sehr verständige Frau, weit rascher und sicherer in allen Entschlüssen, als ich, und hat mich zu lieb, um nicht mein Bestes zu wollen. Das alles habe ich mir in diesen vierundzwanzig Stunden zurechtgelegt. Sind Sie inzwischen anderer Ansicht geworden? – Ich habe nur das Nötigste zu mir gesteckt, fuhr er zögernd fort, ich wollte kein Aufsehen erregen. Mit Geld bin ich hinlänglich versehen, einen Koffer werde ich mir unterwegs kaufen – aber warum sehen sie mich so seltsam an, gnädige Frau?

Lieber Freund, sagte sie ruhig, wissen Sie wohl, daß Sie, wenn ich nicht klüger bin, als Sie, jetzt im Begriff sind, eine wahre Tollheit zu begehen, ja ein Verbrechen an sich selbst und an Ihrem eigenen Lebensglück?

Um des Himmels willen, gnädige Frau –

Still! Sagen Sie kein Wort, sondern hören Sie mich an. Erst aber beantworten Sie mir noch eine kurze Frage, aber ehrlich und aufrichtig: Nicht wahr, Sie haben sich ein bißchen in mich verliebt?

Gnädige Frau –! stammelte er in der äußersten Verlegenheit. Er ließ sein Skizzenbuch fallen, bückte sich danach und brauchte lange, bis er es wieder aufgehoben und abgestäubt hatte.

Sie haben recht, sagte sie, ohne zu lächeln, es ist eine verfängliche Frage, auf die Sie um so eher die Antwort schuldig bleiben können, als ich sie schon weiß. Ich bin Ihnen natürlich nicht böse deshalb, auch sind Sie der erste nicht. Ja, es ist mir schon manchmal begegnet, wo ich weniger Grund hatte, eitel darauf zu sein. Aber was haben Sie sich nur gedacht, was daraus werden soll?

Er schwieg, und sie sah ihn von der Seite an und weidete sich ein wenig an seiner ratlosen Bestürzung.

Ich will es Ihnen sagen, fuhr sie fort. Es schien Ihnen ganz romantisch, sich ein bißchen entführen zu lassen, einen kleinen Reiseroman in zwanglosen Kapiteln zu spielen und ihn mit hübschen italienischen Landschaften zu illustrieren. Auch mir – ich gestehe es – gefielen Sie gerade genug, um Ihre Gesellschaft, da ich eine einsame, mißvergnügte und noch nicht ganz resignierte Person bin, recht wünschenswert zu finden. Ja, damit Sie's nur wissen – denn ich will mir keine Tugend anschminken, die ich nicht besitze –: ich habe mir einige Mühe gegeben – viel bedurft' es freilich nicht –, Ihnen den Kopf ein wenig zu verdrehen. Sie schienen mir in der Tat zu gut für ein kleinbürgerliches Philisterleben in Schlafrock und Pantoffeln, an der Seite einer ehrbaren kleinen Gans, wie ich mir Ihre Frau vorstellte. Ja, ich bildete mir ein, ich hätte so etwas wie eine Mission zu erfüllen, ein Künstlerleben zu retten vor dem Fluch der Verbauerung oder wie man es ausdrücken will. Ich bin aber grausam beschämt worden.

Meine Frau – sagte er.

Sprechen sie nicht von ihr, fiel sie hastig ein. Wissen Sie, daß Sie diese Frau gar nicht wert sind? Daß ich nach der Art, wie Sie von ihr gesprochen haben, ein gutes, braves, unbedeutendes Geschöpf erwartet habe, und statt dessen – Ihr ganzes berühmtes Rothenburg hat ja nichts Merkwürdigeres aufzuweisen, als diese kleine Frau! Und die haben Sie im Stich lassen wollen, um einer wildfremden nachzulaufen? Nehmen sie mir's nicht übel: Sie sind auf dem Wege gewesen, ein kompletter Narr zu werden, und ich bin nicht eitel genug, einen sonderlichen Milderungsgrund darin zu finden, daß Sie sich gerade in mich vernarrt haben!

Ihre Stimme klang hart und grell, er hörte ihr an, daß sie aus einer tiefverwundeten Brust hervordrang. Da suchte er sich zu fassen und sagte, indem er ihre Hand haschte und leise in der seinigen drückte:

Ich danke Ihnen, gnädige Frau, für alle guten und bösen Worte, die Sie mir eben gesagt haben. Ich will nicht minder aufrichtig sein, als Sie: Ja, Sie haben es mir angetan, aber wahrhaftig nicht in dem alltäglichsten Sinne, sondern indem Sie mir einen Blick öffneten auf die Höhen des Lebens und der Kunst, denen ich so früh entsagt hatte, um in einem bescheidenen Mittelzustande mein Glück zu suchen. Ich hab' es ja gefunden und bin wahrlich nicht so blind und undankbar, um es gering zu schätzen. Aber soll der Mensch nicht nach Höherem streben? Soll er sich bei einem Rothenburger Glück – Sie nannten es selber so – begnügen und zumal, wenn er sich der Kunst gewidmet hat – statt das »Unbekannte« zu suchen –

Nach Höherem streben? unterbrach sie ihn. Das Unbekannte? Preisen Sie Ihr Schicksal, daß Sie mit diesen schönen Worten bisher nicht Ernst gemacht haben. Das sind Irrwische, die in Sümpfe und Abgründe locken. Soll ich Ihnen eine Geschichte erzählen? Es war einmal ein schönes junges Mädchen, die Tochter eines kleinen, leibeigenen Bauern, in die war ein guter junger Mann verliebt, der Hauslehrer des Gutsbesitzers – er sah Ihnen ein wenig ähnlich, nur daß er Haar und Bart weniger malerisch trug. Er wollte das Mädchen heiraten, und da er ein kleines Vermögen hatte, wäre es eine recht hübsche Partie gewesen. Aber das stolze Ding strebte nach dem »Höheren« und trug schon damals, obwohl es noch kein Französisch wußte, eine Neigung nach der ;recherche de l'inconnu in sich. Da kam ein General auf das Gut und fand die junge Person ebenfalls hübsch und machte ihr den Hof und bot ihr endlich an, sie zu heiraten. Nun, da war das Höhere, das sie geträumt, und das Unbekannte auch, denn die große Welt von St. Petersburg sollte ihr aufgetan werden. Und so ließ sie ihren treuen Bewerber stehen und wurde eine Frau Generalin, und wie sie das Höhere bei Licht besah, war es niedrig und niederträchtig, und wie sie das Unbekannte kennen lernte, war's schale Alltäglichkeit. Und freilich wäre ihr Herz wohl auch nicht ausgefüllt worden durch ein Glück an der Seite eines schlichten Magisters. Aber so armselig hätte sie sich doch nicht gefühlt und auch andere nicht so unglücklich gemacht. Natürlich wollte ihr der und jener helfen, den Fehler wieder gutzumachen, und einer war darunter, dem hätte es wohl glücken können. Nur schade, daß der General im Pistolenschießen eine so sichere Hand hatte und sich nichts daraus machte, einem seiner jungen Offiziere eigenhändig eine Lektion zu geben, die den Aermsten aus der Rangliste der Lebenden strich. Die Frau aber, die Närrin – seitdem ist sie nun ruhelos geworden und jagt durch die Welt dem Unbekannten nach oder, wenn sie sich recht zum Selbstbetrug aufgelegt fühlt, dem Höheren. Wissen Sie, daß sie bisher nichts Höheres gefunden hat als den stillen, klugen, warmen Blick Ihrer kleinen Frau, den Frieden in ihrer altmodischen Wohnstube und jene glückliche Hand in der Kinder- und Blumenzucht, die beiden so frische Farben anzaubert?

So! Nun habe ich Ihnen nichts mehr zu sagen, wenn Sie jetzt noch glauben, nicht selig werden zu können, ohne statt der alten Steine des weißen Turms die alten Steine der Engelsburg abzukonterfeien und, obwohl Sie das Zeug zu einem Raffael schwerlich haben, sich ans Große und Erhabene zu wagen, so steigen Sie mit mir ein. Der Weg ist frei und vielleicht lang genug, um meine sehr selbstlose Anwandlung mir wieder vergehen zu lassen. Wenn Sie aber klug sind, schieben Sie Ihre Kunstreise auf, bis die Kinder so weit sind, daß Sie sie einmal ein Vierteljahr in fremder Obhut lassen können. Und dann nehmen Sie Ihre Christel unter den Arm und gehen mit ihr über die Alpen, und ich stehe Ihnen dafür, wenn sie auch nur ein Rothenburger Kind ist, Sie werden sie auf dem Monte Pincio produzieren können, ohne sich Schande zu machen. Vorausgesetzt, daß Sie selbst sie nicht unterschätzen, sondern sie an Ihrem Leben und Streben beteiligen. Denn wir sind, was ihr euch aus uns macht, wenn wir gut sind. Sonst – sind wir freilich, was wir aus uns selber machen, aber oft weder gut noch glücklich. Und damit basta! Adieu und einen Gruß an Frau Christel! Und wenn Ihr Werk über Rothenburg heraus ist, schicken Sie mir's nach Rom, unter der Adresse der russischen Gesandtschaft. Ich abonniere auf drei Exemplare. Ich will Propaganda machen für das deutsche Pompeji.

Sie hielt ihm die Hand hin, die er mit überströmender Empfindung an seine Lippen drückte. Dann zog sie den Schleier über ihr Gesicht und eilte nach dem Zuge hin, der zur Abfahrt bereit stand.

Als sie schon im Coupe saß, winkte sie noch einmal hinaus. Die kleine Maschine pfiff, und langsam glitt die schwarze Schlange auf dem blanken Geleise dahin. Die Fremde aber hatte sich in die dunkle Ecke gedrückt und starrte lange wie eine Bildsäule vor sich hin. Plötzlich öffnete sie eines ihrer juchtenen Täschchen, kramte darin herum und zog endlich ein Etui hervor. Da, nimm! sagte sie auf russisch zu der mürrischen Zofe. Du hast dies Armband immer so bewundert, Sascha. Ich will dir's schenken. Ich bin einmal im Zuge mit der Großmut. Ich wollte nur, sie kostete mich niemals mehr, als so ein blankes Spielzeug.

Sascha fiel vor ihr auf die Knie und küßte ihr die Hand. Dann zog sie sich, mit dem Geschenk spielend, wieder in ihren Winkel zurück, sie glaubte zu hören, daß ihre Gebieterin unter ihrem Schleier leise weinte, wagte aber nicht zu fragen, warum.

Um diese Zeit kam Hans Doppler zu seiner kleinen Frau zurück. Die Rinder schliefen bereits. Er war seltsam weich und aufgeregt zärtlich. Immer wieder streichelte er ihr krauses braunes Haar, das sich so hübsch über die feinen Ohren legte. Er hatte ihr, ohne viel zu erzählen, wie es beim Abschied zugegangen, den letzten Gruß der Fremden gebracht. Doch mehrmals, während sie zusammen zu Nacht aßen, nahm er einen Anlauf zu einer ernstlichen Beichte. Endlich sagte er nur: weißt du wohl, Schatz, daß die Generalin ganz ernstlich den Plan gefaßt hatte, mich zu einer Kunstreise in ihrer Gesellschaft durch ganz Sizilien zu verführen? Was hättest du dazu gesagt?

Nun, Hans, erwiderte sie, ich hätte dich nicht abgehalten, wenn es durchaus dein Wunsch gewesen wäre. Zwar weiß ich nicht, wie ich's überstanden hätte. Ich kann mir das Leben ohne dich nicht mehr gut denken. Aber wenn dein Glück daran gegangen hätte –

Mein Glück? Das hängt nur an dir! beteuerte der Arglistige, indem er ein Erröten zu verbergen suchte. Du hättest nur die Generalin hören sollen, wie sie mir mein Glück und deine Vorzüge auseinandersetzte. Du aber – wärst du nicht doch ein bißchen eifersüchtig geworden?

Auf wen? Auf die alte Russin?

Alt? Mit diesem Haar und diesem Teint?

O du blinder Hans! rief sie und lachte herzhaft, indem sie ihn am Haar zupfte, hast du denn nicht gesehen, daß diese gefährliche Moskowiterin über und über gepudert war und einen dicken falschen Zopf hatte? Aber wenn auch alles echt an ihr wäre, glaubst du, daß ich mir nicht zutraute, es mit ihr aufzunehmen? Die Tiber mag ein ganz schöner Fluß sein – aber mit der Tauber läßt sie sich doch gewiß nicht vergleichen!

 tradition®

Über tradition

Eigenes Buch veröffentlichen

tradition wurde 2006 in Hamburg gegründet und hat seither mehrere tausend Buchtitel veröffentlicht. Autoren veröffentlichen in wenigen leichten Schritten gedruckte Bücher, e-Books und audio-Books. tradition hat das Ziel, die beste und fairste Veröffentlichungsmöglichkeit für Autoren zu bieten.

tradition wurde mit der Erkenntnis gegründet, dass nur etwa jedes 200. bei Verlagen eingereichte Manuskript veröffentlicht wird. Dabei hat jedes Buch seinen Markt, also seine Leser. tradition sorgt dafür, dass für jedes Buch die Leserschaft auch erreicht wird.

Im einzigartigen Literatur-Netzwerk von tradition bieten zahlreiche Literatur-Partner (das sind Lektoren, Übersetzer, Hörbuchsprecher und Illustratoren) ihre Dienstleistung an, um Manuskripte zu verbessern oder die Vielfalt zu erhöhen. Autoren vereinbaren direkt mit den Literatur-Partnern die Konditionen ihrer Zusammenarbeit und partizipieren gemeinsam am Erfolg des Buches.

Das gesamte Verlagsprogramm von tradition ist bei allen stationären Buchhandlungen und Online-Buchhändlern wie z. B. Amazon erhältlich. e-Books stehen bei den führenden Online-Portalen (z. B. iBookstore von Apple oder Kindle von Amazon) zum Verkauf.

Einfach leicht ein Buch veröffentlichen: **www.tradition.de**

Eigene Buchreihe oder eigenen Verlag gründen

Seit 2009 bietet tredition sein Verlagskonzept auch als sogenanntes "White-Label" an. Das bedeutet, dass andere Unternehmen, Institutionen und Personen risikofrei und unkompliziert selbst zum Herausgeber von Büchern und Buchreihen unter eigener Marke werden können. tredition übernimmt dabei das komplette Herstellungs- und Distributionsrisiko.

Zahlreiche Zeitschriften-, Zeitungs- und Buchverlage, Universitäten, Forschungseinrichtungen u.v.m. nutzen diese Dienstleistung von tredition, um unter eigener Marke ohne Risiko Bücher zu verlegen.

Alle Informationen im Internet: **www.tredition.de/fuer-verlage**

tredition wurde mit mehreren Innovationspreisen ausgezeichnet, u. a. mit dem Webfuture Award und dem Innovationspreis der Buch Digitale.

tredition ist Mitglied im Börsenverein des Deutschen Buchhandels.

Dieses Werk elektronisch lesen

Dieses Werk ist Teil der Gutenberg-DE Edition DVD. Diese enthält das komplette Archiv des Projekt Gutenberg-DE. Die DVD ist im Internet erhältlich auf **http://gutenbergshop.abc.de**

Zeitfracht Medien GmbH
Ferdinand-Jühlke-Straße 7
99095 Erfurt, Deutschland
produktsicherheit@kolibri360.de